安潔拉・卡特

煙火：九篇世俗故事

嚴韻 譯

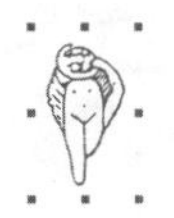

Angela Carter

Fireworks: Nine Profane Pieces

《煙火：九篇世俗故事》（*Fireworks: Nine Profane Pieces*, London: Quartet Books.）一九七四年於英國出版，收錄安潔拉・卡特一九七〇至一九七三年之間的作品。之後陸續於一九八一、一九九九年於美國及法國出版，一九九五年重新收錄於《焚舟紀》（*Burning Your Boats*, New York: Penguin Books.）。

煙火：九篇世俗故事

目錄

一份日本的紀念

我走到外面看他回來了沒，角落空地上有幾個穿棉布連身睡衣的孩子在玩仙女棒。火花流洩而下像綴滿星星的鬍鬚，孩子們面帶微笑，輕聲發出喃喃驚嘆。他們的快樂是如此克制，因此非常之純。一名老婦說：「他們吵著要煙火，他們父親煩得不行，只好買了。」日語中，煙火叫做はなび，意思是「花火」。整個夏季，每天晚上都能看到各式各樣煙火，從最簡單普通到最繁複華麗的，有次我們還從新宿搭了一個小時火車去看一場煙火大會，煙火都在河邊施放，好讓黑暗的河水倒映得更加繽紛撩亂。

那次我們抵達目的地時天已經黑了，那裡是郊區，路上有許多人攜家帶眷正要去看煙火。做母親的把小小孩洗得乾乾淨淨、打扮得漂漂亮亮，小女孩尤其整潔無瑕，穿著粉紅白色相間的棉布和服[1]，毛絨絨的腰帶像一團團棉花糖，頭髮也美美地梳成一對包包頭，飾以金銀線。因為場合特殊，孩子難得有這樣可以晚睡的機會，個個都表現得乖巧非凡，牽著父母的手帶著一種可愛的佔有姿態。我們跟隨一群群全家出動的行人來到河邊空地，看見煙火已經在高空綻放，像五光十色的陽傘，大老遠就看得到。我們沿著步道穿過空地，愈往煙火的來源走，煙火就愈佔滿天空。

步道旁有路邊攤，小販打赤膊、綁頭帶，賣著炭烤玉米和花枝。我們買了兩串烤花枝邊走邊吃，花枝塗滿醬油，非常美味。另外有些攤子賣的是裝在塑膠袋裡的金魚，或者兔耳朵大氣球。這裡就像個遊樂園——可是實在太井然有序了！連巡邏警察手裡拿的都是彩色紙燈籠，代替平常用的手電筒。一切都有種安靜的節慶味道。賣冰淇淋的穿梭在人群間，手裡搖鈴，箱子冒冷煙，用懇求的聲音喊道：「冰，冰，冰淇淋！」當年輕情侶悄悄避開人群，走進草叢小徑，這些影影綽綽、不知疲倦為何物的小販仍搖著鈴提著燈追過去，用哀愁的聲音叫賣。

此時已有大量群眾朝煙火走去，但他們的步伐那麼輕、閒談的聲音那麼細，所以不顯嘈雜，只有一片溫暖、持續、喃喃低語的嗡鳴，是共享快樂的舒適聲響，夜色中因而充滿一種緘默的、資產階級的、但如假包換的魔力。在我們頭上，煙火為夜色掛上逐漸消溶的耳環。不久我們找到一片留下收割後殘株的空地，躺下來看煙火，但如我所料，他很快就變得坐立不安。

「妳快樂嗎？」他問。「妳確定妳快樂嗎？」我正看著煙火，起初並沒回答，儘管我知道他覺得很無聊，如果他享受到任何樂趣，也只是因為我高興他就高興——或者說，因為他認為只要我高興他就高興，因為那便證明他愛我。我感到內疚，於是建議回市中心，兩人沈默打了一場「誰更能為情人犧牲自己」的仗，我贏了，因為我個性比較強，然而我一點也不想離開那蕩漾的河水與溫和的人群。但我知道他其實很想回市中心，我們便回去了，儘管如今我不知道這場表示自己多麼無私的小小勝利是否值得，值得我承受他由於使我無法好好享受煙火

1.〔西方人常誤以 kimono（きもの，「著物」）指所有日式服裝，此文亦然；但「著物」其實是昂貴繁複的正式服裝，這裡出現的顯然應是夏季的單件輕便 yukata（ゆかた，「浴衣」）。〕

而感到的悔憾，雖然在某個潛在層面上，構築這份悔憾根本就是這趟出遊的重點所在。

不過，隨著火車慢慢駛入霓虹燈叢，他活潑的本性也逐漸恢復。他有個改不掉的舊習，走在街上總心懷期待，彷彿隨時轉個彎就會碰上命中注定的邂逅遭逢；只要在外面待得愈久，發生特殊事件的機會就愈大，而即使什麼都沒發生，那種有事可能發生的感覺也能暫時緩解他甜悶無聊的人生。何況今晚他對我的職責已盡，已經帶我出遊過了，現在只想擺脫我。至少這是我當時的看法。妻子在日文裡叫おくさん，指的是住在內室、幾乎足不出戶的人。因為我常被當成他妻子，便常面對此種態度，儘管我死命抗拒這處境。

但通常我仍處於在家等門的狀態，心中不無怨恨，知道他不會回來，而且連告訴我他將遲歸的電話都不會打一通，因為他太內疚了。我無事可做，只能看鄰居小孩嘻笑點燃仙女棒。老婦站在我身旁，我知道她對我不滿。這整條街都禮貌地對我不滿。也許他們認為我帶壞青年，因為他顯然比我年輕。老婦的背因為背小孩駝得幾乎成圓形，那小孩就是現在正看孩子們玩煙火的父親，他身著晚間居家便裝，也就是只穿一條寬鬆白色四角褲，打赤膊。老婦是這國家老者的典型模樣，滿臉皺紋，態度含蓄保留。這一帶老太太特別多。

街角那家店每天早上都搬出一位老太太，坐在反扣過來的啤酒箱上吹風透氣。我想她一定是那家的老祖母，老得幾乎已完全進入休眠般的植物狀態。她對自己、對這世界並不比身旁那盆盛開的牽牛花更有意義，說不定那在午餐之前就會凋謝的花比她還有意義。他們將她打點得非常乾淨，用綴有粗花邊、一塵不染的圍兜兒蓋在她淺色和服上，她也從不會弄髒圍兜兒，因為她根本不動。不時會有個孩子出來替她梳頭髮。她的意識已經因年邁而模糊，每當我走過，她渾濁的眼睛總是以同樣朦朧而不感興趣的驚奇眼神看著我，彷彿愛斯基摩人看火車。有時她會說，いらっしゃいませ，也就是店家歡迎客人光臨的句子，聲音輕得有如鬼魂飄渺，像紙袋微微窸窣，這時我會看見她的金牙。

鼠灰天空下，孩子們點亮仙女棒；由於空氣污染，月亮呈淡紫色。後院裡，陣陣蟬鳴尖聲不休。如今每想到那城市，我永遠都會記得響徹夏夜長鳴不歇的蟬聲，在微暗黎明逼近刺耳的高潮。就連在最繁忙的街上我也聽過蟬聲，儘管蟬在小巷裡繁殖得最多，發出沒完沒了讓人幾乎無法忍受的耳語，彷彿由酷熱濃縮而成的刺耳尖響。

一年前，在這樣一個搏動的、肉感的、平凡無奇的亞熱帶夜晚，我們一同走過充滿樹蔭的小巷，在柳影中穿進又穿出，想找地方做愛。低矮木造平房外的花架爬滿牽牛花，但黑夜掩去了花朵柔和的色彩，日本人非常欣賞這種花，因為它凋謝得很快。不久他便找到一家旅社，因為城市對情人是友善的。我們被領進一間紙盒般的房間，除了一張床墊之外空無一物。我們立刻躺下，開始親吻。然後一名女侍無聲無息拉開紙門，脫下拖鞋，穿襪的腳輕悄悄挪進來，細聲說著道歉的話。她將放有兩杯茶和一盤糖果的托盤擱在我們身旁的榻榻米地板上，邊躬邊道歉地倒退出房，而我們的親吻始終不曾稍停。他動手解我的裙子，此時女侍又回來了，這次抱來一堆毛巾。第三次她送來發票，我已經被脫得一絲不掛。她顯然是個規矩正派女人，但就算當時她感到尷尬，也沒有半個字或手勢洩漏情緒。

我得知他名叫太郎。在一間玩具店我看到設計精巧的童書，一翻開，紙雕圖形就會站起來，背景是立體化的歌舞伎風格。那本書講的是桃太郎的故事，他是從桃子裡生出來的，紙雕桃子在我眼前裂開，原該有果核的地方出現了嬰兒。他也有那種非人的甜美，像由非人類母親的其他東西生下的孩子，一種被動、殘忍的甜美，我當下無法了解，因為那是壓抑的被虐狂，在我的國家通常只出現在女人身上。

有時他蹲坐在床墊上，膝蓋縮在下巴下，模樣像敲門環上的小妖精，似乎散發不屬於這個塵世的奇妙特質。在這種時候，他的臉會莫名顯得太平、太大，不適合那具帶有雌雄同體般奇妙情致的優雅身體，滑順的長長脊梁，寬肩，還有出奇發達的胸肌，幾乎像接近青春期的女孩乳房。臉和身體之間有某種微妙的不協調，讓他看來幾乎像哥布林[2]，彷彿借了別人的頭（這是日本哥布林的習性）要施行什麼詭計。這種有如怪異訪客的印象為時很短，但卻揮之不去。有時我甚至可能相信他像這個國家的狐狸那樣對我下了咒語，因為這裡的狐狸是可以假扮成

2.〔goblin，西方傳說中的醜怪妖精。〕

人的，而時機對的時候，他那高顴骨讓他的臉看來就有種面具味道。

他的頭髮太濃密，壓得脖子都為之垂墜，髮色之黑之深在陽光下會變成紫色。他的嘴也有點帶紫，如遭蜂螫的厚唇像高更筆下的大溪地人。他的皮膚摸來平滑，彷彿水流過指間。他的眼皮像貓那樣可以縮回，有時候完全看不見。我真想把他施以防腐處理，裝進玻璃棺材留在身邊，這樣我就隨時可以看著他，他也沒辦法離開我了。

人說日本是男人至上的國家，確實如此。我剛到東京時正值一年一度的「男兒節」，有幸生下男孩的家庭院子裡都豎起長竿，飄著鯉魚旗。至少他們不掩飾這種情況，至少這樣你知道自己位置何在。男與女的兩極差別受到公開承認以及社會規範。比方說，では這個詞有時表示「在」（至少就我能理解的程度是這樣），課本上的一個例句翻譯起來是：「在男人主導的社會，女人的價值只是身為男人激情的對象。」如果我們唯一可能的連接詞是那違抗死亡的愛之雙人特技，那麼，只具備身為激情對象的價值也許比什麼價值都沒有來得好。在這之前，我從不曾是如此徹底神秘的他者。我變成了某種鳳凰，某種神話中的獸，是一顆來自遙遠異地的寶石。我想，他一定覺得我充滿無可言喻的異國情調。但我常覺得自己只是個冒牌女人。

百貨公司裡有一架洋裝，標示：「僅限年輕可愛女孩」。看著那些洋裝，我覺得自己醜怪粗鄙一如格魯達克立齊[3]。我穿男用涼鞋，因為只有男用涼鞋合我的腳，而且還得穿最大號。在這個城市的視覺交響樂中，所有人頭都是黑髮，所有眼睛都是深棕，所有皮膚都是一個顏色，我的藍眼、粉紅臉頰和黃得明目張膽的頭髮讓我成為一把彈奏陌異旋律的樂器。在輕輕撥彈的樂器和幽幽笛聲組成的沈靜和弦中，我像大剌剌的喇叭，永遠響亮宣告自己的存在。他的體態是如此細緻，我想他的骨骼一定像鳥類那樣輕盈優雅，有時候很怕自己壓壞他。他告訴我，與我同床共枕感覺像一艘小船行在波濤洶湧的大海上。

我們在最不搭調的環境安營紮寨，住在家徒四壁、僅有激情的房間裡，左鄰

3.〔典出《格列佛遊記》，格魯達克立齊(Glumdalclitch)是大人國與格列佛為友的九歲小女孩，身高四十呎。〕

右舍卻都正派規矩得驚人。四周盡是掃把掃在榻榻米上的沙沙聲和日語家常對話，每一處窗台都有盆景正正經經開著花。每天早上七點，每戶陽台掛起洗好的衣物，有天一大清早，我還看見一個男人擦洗他家樹上的葉子。棉被和床墊則是八點拿出來曬。巷道沒有鋪路，強烈的陽光足以使塵埃落定，不知哪家有人在練彈蕭邦。這些不堪一擊的房子好似夾板沾膠黏組而成，似乎全靠意志力撐住。只要我在家，感覺就彷彿我深居內室而他不希望我出門，儘管房租是我在付。

然而，不在我身旁時，他大部分時間都在獨嘗強烈得足以殲滅一切的悔憾。但這份悔憾、這份後悔是他的維生必需品，於是明晚他又會在外流連不歸，或者，如果我大發脾氣的話，他會隔一天晚上再出去。就算他完全有心要早點回來，也答應我早點回來，但總會受到什麼環境因素阻礙，於是他又一次成功錯過最後一班火車。他和朋友結伴四處夜遊，從咖啡館到酒吧到小鋼珠店再到咖啡館，徹頭徹尾散發純正存在主義英雄的漫無目的。他們是鑑賞無聊的名家。經過漫長虛度的好幾個小時，來到夜的死巷盡頭，每次出現的無聊風味總是會有些微妙不同，供他們品嘗欣賞。到了早上第一班車的時間，他會回到車站那神秘地空無一人、在晨光中蒼白褪色的皮拉內希式[4]景色，飽受一個念頭的折磨——而其中八成也包含了受潮黯淡的一星希望之火——不知自己這次是否終於造成了無法修復的傷害。

此刻我這樣談來，彷彿對他一切都了然於胸。哪，你要明白，當時我正深受愛戀之苦，對他的了解親密一如自己鏡中映影。換句話說，我對他的了解僅止於與自己有關連的層面。但在這些層面上，我確實十分了解他。然而有些時候我會以為他是我自己編造出來的，所以關於我們是否真正存在，你也只能相信我的片面之詞。但我並不想加入環境細節，畫出我們立體又清晰的畫像，好讓你不得不相信我。我並不想要這種招數。你只能滿足於我們大致輪廓的驚鴻數瞥，彷彿你走過人家窗口，在屋裡鏡中偶爾瞥見我們的影像。他的名字並不叫太郎，我稱他太郎只是為了用上那個桃子男孩的譬喻，因為那譬喻似乎頗為恰當。

說到鏡子，日本人對鏡子非常尊敬，老式旅館常可看到鏡子不用時蓋上一

4.〔皮拉內希(Giovanni Battista Piranesi, 1720-1778)，義大利藝術家，以版畫與蝕刻畫著名。〕

層布罩。他說：「鏡子讓房間看起來不親近。」我相信實情遠不只如此，儘管他們確實很喜愛親近。如果大家必須住得那麼近，你非得喜愛親近不可。但是，彷彿為了禮讚他們所畏懼的東西，他們似乎將整座城市都變成一間冷冷的鏡室，不停衍生出整批不斷變幻的影像，全都奇妙美好但無一實質可觸。要是他們不鎖住真正的鏡子，就很難分辨何者為真何者為幻了。連你習於認為牢固的建築都會一夜之間消失不見。一天早上我們醒來，發現隔壁房子只剩下一堆木條，和一疊用繩子綁得整整齊齊的報紙，等著收垃圾的來收。

　　我倒不會說他在我看來也有那種虛幻不實的特性，儘管他似乎永遠都快要離開。後來我終於明白，他儘管跟天氣一樣難以預料，卻也跟天氣一樣無可避免。如果你打算定居日本，你必須確定自己夠堅忍，受得了這裡的天氣。不，問題不在於虛幻不實，而是它那套只在自己的邏輯上成立的修辭。聽他表示抗辯時，我能夠相信他相信自己說的話，儘管我完全知道那些話毫無意義。而且現在這樣講並不公平。話說出口時，他心裡是相信的，在那個當下完全確信不疑。但他主要相信的是自己正在戀愛，這概念在他看來多麼壯麗，甚至無比崇高，他願意為之而死，就像波特萊爾筆下的紈絝公子會願意當場自殺，以維持自己之為一件藝術品的地位，因為他想讓這段經歷成為經歷中的傑作，絕對超越日常平庸。這樣便能消滅那種令他上癮的殘酷毒品——無聊——的藥效，儘管一段如此與世隔絕的戀情必然帶有無聊因子，可能也正是吸引他的主要原因。但我無法得知他究竟確信到什麼地步，不時會在腦海中自問：用絕對的確信維持假裝的感情，能弄假成真到什麼程度？

這個國家已將偽善發揚光大到最高層級，比方你看不出武士其實是殺人兇手，藝妓其實是妓女。這些對象是如此高妙，幾乎與人間無涉，只住在一個充滿象徵的世界，參與各種儀式，將人生本身變成一連串堂皇姿態，荒謬卻也動人。彷彿他們全都認為，只要我們夠相信某樣事物，那事物就會成真，結果可不是嗎？他們確實夠相信，而事物也成真了。我們住的這條街基本上是貧民區，但表面看來一片和諧寧靜，於是，說也神奇[5]，表象果然成為現實，因為他們全都循規

5.〔原文為拉丁文，mirabile dictu。〕

蹈矩，把每樣東西保持得乾乾淨淨，活得那麼賣力有禮。和諧生活需要多可怕的紀律呀。為了和諧生活，他們狠狠壓扁自己所有的活力，於是有一種飄渺的美，就像夾在厚重大書裡的乾燥花。

但壓抑並不只產生嚴苛之美。在一切井井有條的縫隙中，猛獸般的激情蓬勃生長。他們折磨樹木，讓樹木看來像樹木的抽象概念。他們用尖錐和鑿子在身上繪製驚人的圖畫，邊繪邊拭去血滴：身上刺青的男人便是疼痛記憶的活生生傑作。他們有全世界最激情的偶戲，以形式化的風格模仿殉情，因為這裡沒有「從此過著幸福快樂的日子」這種簡易公式。那時，當我想起偶戲悲劇的結局，想起木偶情侶一同刎頸，便感到有些不安，彷彿這國家象形文字般的意象會吞沒我，因為他已經無聊到與一切絕緣的地步，只有痛苦能使他煩擾。若說我在他眼中的價值是身為激情對象，那麼他已將激情(passion)一詞化約至最基礎，其拉丁文字根 patior 就是「我受苦」的意思。我在他眼中的價值是身為帶給他痛苦的工具。

於是我們活在一輪迷失方向的月亮下，那月亮是憤怒的紫，彷彿天空的眼睛瘀血，而就算我們有過真正的交集，也只在黑暗之中。他深信我們的愛是獨一無二又絕望的，我也因之傳染了焦慮不安的病；不久後我們便學會以溫柔規避的態度互相對待，彷彿兩人同是截肢病患，因為我們身旁滿是稍縱即逝的動人意象，煙火，牽牛花，老人，孩童。但最動人的意象是我們在彼此眼中虛幻的倒影，映現的只有表象，在一個全心全意追求表象的城市。而不管我們如何努力想佔有對方身為他者的本質，都無可避免會失敗。

劊子手的美麗女兒

來到這裡，已是深入高地。

一股抑揚頓挫不成調、近乎音樂的悽愴聲響，出自無師自通的樂團之手，在群山圍繞中迴盪，發出似狂喜復似大悲的回音，吸引我們走進村裡廣場，看見他們手持各式各樣粗糙弦樂器，又是撥、又是彈、又是用馬毛琴弓亂拉一通。新鋪的乾燥木屑在我們腳下低語滑移，底下是多年來層層累積、踩踏堅實的木屑，處處沾染血跡凝結成塊，時日久遠的血跡已是鐵鏽的色彩和質感……悲哀不祥的污漬，是某種威脅，某種逼迫，痛苦的紀念碑。

空中沒有光亮，今天太陽不會照亮這場黑暗戲碼的主角，是意外加上雜音使我們成為此一場面的觀眾。這裡的空氣永遠充滿窒人濕氣，永遠顫抖著瀕臨落雨邊緣，天光有如透過薄紗照下，因此無論什麼時間都像薄暮黃昏。天空看來彷彿泫然欲泣，於是，在未流之淚的黯淡光線中，我們眼前儼然一幅活人靜物[1]，色調深褐一如老照片，畫面中一切靜止不動。圍觀群眾屏氣凝神動也不動，全神貫注於這場象形符號儀式表演，看來幾乎不像活物，這景象與其說活人靜物不如說死物寫生，因為這場陰鬱寡歡的嘉年華是在慶頌死亡。他們眼白發黃，眼神全牢牢定住，彷彿被一根無形的線緊緊拉向那座木墩，千年來在此受死之人流出的生命晶露已將木頭染成黑色。

此刻，那群鄉間樂手停止了刺耳走調的音樂。這場死亡必須在極為戲劇化的沈默中完成。這些粗野的山區居民群聚在此圍觀公開處決，這是這個國家唯一的娛樂。

時間一如雨勢懸停在半空，此刻於沈默中緩緩重新開始。

一層厚重沈寂籠罩劊子手的一舉一動，他在木墩旁擺出一個惹人厭的英雄姿勢，彷彿尊嚴行事是這整件事背後的唯一動機。他抬起一隻穿靴的腳踩在那陰沈的犧牲台上，對他來說那是進行藝術創作的畫布，而他手中驕傲握持的畫具就是斧頭。

劊子手足有六呎半高，而且又寬又壯；相較之下，村民像歪七扭八的樹墩，以敬畏又恐懼的眼神看他。他衣著永遠是喪服的顏色，總是戴一副柔軟皮革製成的奇特面具，緊貼臉孔，染成絕對的黑。面具完全遮住他的頭髮和上半臉，只有兩道細縫露出眼睛，眼神木然，彷彿也是面具的一部分。面具下只露出他暗紅厚唇，以及嘴四周發灰的皮膚。如此展現出來的零星皮肉部分讓人看了害怕，完全不符合我們一般預期的臉孔，反而帶有某種猥褻的赤裸，彷彿下半臉被剝了皮。身為屠夫的他如此打扮或許是為展示自己，彷彿他是自己屠宰的肉品。

多年下來，緊密貼合的面具質材已與他臉孔的實際結構合而為一，現在那張臉看來似乎有兩種顏色，彷彿天生如此；而這張臉也不再具有人性，彷彿他首次戴上面具時便已抹滅了原先的臉，永遠將自己毀容。因為這副公職頭套把劊子手變成客體對象，變成行使懲罰的客體、令人畏懼的對象，變成報應的意象。

1.〔tableau vivant 指演員或模特兒擺出特定姿勢，組成靜止不動的畫面。〕

沒人記得最初為何要設計那副面具，又是由誰設計。也許是某個好心古人採用它遮蓋劊子手的頭臉，好讓靠在木墩上即將受死之人的臨終痛苦不至於有太人性的面目；不然，或許這裝備起源於黑色空無的魔力——如果空無的顏色真是黑的話。然而劊子手不敢取下面具，怕萬一不小心在鏡中或水池看見倒影，會對自己真實的臉大吃一驚。那樣他會活活嚇死。

即將受死之人跪下，他瘦削、蒼白、優雅，年方二十。空地上滿心期待的沈默群眾不約而同打了個寒噤，糾結的五官扭成同一個咧嘴而笑的表情。沒有聲響，幾乎沒有任何聲響擾動潮濕的空氣，只有一縷聲響的幽魂，一縷遙遠的啜泣，彷彿風在矮小松樹間吹拂。受死之人跪下將脖子靠上木墩，劊子手沈沈揮動閃亮鋼鋒。

斧頭落下，皮肉離析，人頭滾動。

砍斷的傷口血如泉湧。觀眾顫抖，呻吟，驚喘。此時弦樂隊再度開始又拉又鋸，合唱團那群受驚處女也開口發出在這一帶算做歌聲的尖細哀鳴，唱起一首名為「斬首場景的嚴厲警告」的野蠻安魂曲。

遭劊子手斬首的是他的親生兒子，在自己妹妹身上犯下亂倫罪行。那個妹妹是劊子手的美麗女兒，這片高地唯一的玫瑰就綻放在她臉頰。

葛瑞倩再也睡不安穩。打從哥哥的頭滾落於血淋淋木屑的那一天起，她就不停夢見他沒完沒了騎著腳踏車，儘管這可憐女孩已獨自去把哥哥屍首僅存的部分，那顆怵目驚心、長著鬍鬚的潮濕草莓，偷偷取回家來埋在雞圈旁，免得被狗吃了。但無論她怎麼努力在河邊石上搓洗那條小小白圍裙，都洗不淨纏住布料經緯纖維的漬痕，彷彿珍奇水果的淺紅幽魂。每天早晨到雞圈撿拾成熟的蛋給父親做早餐時，她傷心但徒勞的淚水都灑在那處翻挖過的泥土上，土裡埋著哥哥逐漸腐爛的腦，母雞則在她腳邊無動於衷地啄食、咯叫。

這國家地勢之高，燒水永遠到不了沸點，不管水在鍋裡如何翻騰起泡；因此這裡的白煮蛋永遠是生的。劊子手堅持他早餐的煎蛋捲只能用恰好正要長成小雞的蛋來做，並且八點準時上桌就座，津津有味享用一盤帶著羽毛、略有尖爪的黃色煎蛋捲。軟心腸的葛瑞倩常在熱騰騰奶油即將淹沒仍然冰冷、還沒長硬的小喙時聽見悶聲咯叫而受到驚嚇，但從不摘下皮面具的父親的話就是法律，而他吃的雞蛋裡一定要有初生雛鳥。在這個地方，只有劊子手能縱容自己的怪癖。

高高位在群山之中，這裡多麼潮濕寒冷！寒風吹著陣陣細雨，吹過幾近垂直的山峰；低處山坡的縱樹松樹林裡有狼群出沒，只適合女巫安息日的邪惡狂歡；揮之不去的霧氣瀰漫中，陰暗窮困的村子高高位在日常習見的天空之上，稀薄空氣令初來乍到的人難以呼吸，只能喘息嗆咳。然而，初來乍到的人比隕石和雷電還要稀少，因為這村子毫不歡迎外來客。

就連這些粗糙構築的房舍牆壁都滲出懷疑之意。屋牆以石板蓋成，沒有任何向外探看的窗，平平屋頂上隨便鑿個洞，偶爾噴出幾縷家常炊煙，要進屋也非常困難，必須穿過如同花崗岩裂罅的低矮門口。因此每棟房子看來都毫無五官，就像東方不知名邪鬼的臉，不受任何通俗特徵如眼、鼻、嘴的破壞。這些毫不舒適的醜陋小屋裡，人和家畜——羊、牛、豬、狗——在煙霧瀰漫的雜亂爐台邊平起平坐，不過他們的狗常染上狂犬病，口吐白沫在滿是車轍軌跡的街上亂跑，像氾濫的溪水。

此處居民體格粗壯，性格陰鬱，長年不友善的態度出自各種環境及先天因素，長相全都平凡無奇。他們臉的輪廓像愛斯基摩人那樣又平又扁，眼睛是斜斜兩條縫，沒有眼瞼覆蓋其上，只有蒙古人種鬆鬆的兩片皮。爬蟲般的凌厲眼神毫無親暱，微笑起來顯得格外惡狠，幸好他們很少笑。他們的牙齒也年紀輕輕就爛了。

這裡的男人尤其如怪獸般多毛，頭上和身上皆然。他們頭髮一律是單調的紫黑，隨年紀增長逐漸變成熄滅的灰燼色。所有人都打赤腳，因此幼年起腳底就長出日漸粗厚的角質。女人的體型是實用遠勝美觀，她們負責操持那原始農業的一切，手臂粗壯得像食用葫蘆，雙手則明顯變成鏟形，最後終於成為有五根尖角的叉子。

毫無例外，所有人都又髒又病，蓬亂頭髮和粗糙衣服裡爬滿虱子跳蚤，私處則隨著陰蝨的盲目動作而鼓搏振動。皮膚的膿疱、疥癬、搔癢普遍得不值一提，腳趾間的皮肉也早早就開始腐爛。他們長期生著與肛門相關的各種疾病，因為飲食習慣粗蠻——清湯寡水的麥片粥，酸啤酒，在高地不夠熱的火焰上沒烤幾下的肉，發酸的羊乳酪搭配容易產生脹氣的大麥麵包大口吞下。這些燃料很難不助長各種疾病，產生普遍的惡意不安氣氛，而這正是他們最直接明顯的特徵。

在這疾病博物館裡，劊子手女兒葛瑞倩的粉彩美貌更加醒目。每當她走向雞窩採摘萌芽的雞蛋，兩條亞麻色髮辮便在她乳房上一顛一跳。

白晝是籠罩霧氣的凹谷，充滿艱苦的勞力工作，夜晚則是濕冷黑暗的裂縫，孕育跳動著最可鄙的渴望；被黑鼠般的迷信及冰霜的利齒一同啃噬化膿的僵死感官，想像著、充斥著難以啟齒的不堪欲望，讓他們飽受煎熬。

如果有那能耐，他們會上演全本華格納歌劇式的邪惡，興高采烈把村子變成舞台，演出大木偶戲[2]的醜陋惡行，不遺漏任何不堪細節，也不放過任何對肉體歡愉的醜惡扭曲……要是他們知道這些行為確實存在、如何進行的話。

他們有無限的為惡能力，卻遭無知斷然阻攔。他們不知道自己欲求什麼，因此他們的慾望存在於沒有定義的臨駁[3]中，永遠只能潛伏待發。

他們熱切渴盼最卑劣的墮落，卻連最簡單的拜物概念也沒有，飽受折磨的肉體永遠被貧乏的想像和有限的詞彙背叛。他們的語言只有粗魯的咕噥和呱叫，用來表示，比方說，家裡養的豬正在生產，而你要怎麼以那種語言傳達這些渴望？

既然他們的惡性是名符其實的難以啟齒，他們秘密激烈的欲望也就始終成謎，連自己都不明白，只拘限在純粹感官的領域，只是未形成思緒或行動的感覺，不受定義限制。因此他們的欲望無窮無盡，儘管確切說來，他們的欲望又幾乎可說完全不存在，只有某種煩擾不寧。

他們篤信的那套民俗傳說既鮮明又殺氣騰騰。在這些落後愚昧的山區居民中，有著巫師、魔法師、巫醫及秘教術士等世代相傳、劃分嚴格的階級，而奧秘權力的顛峰看來似乎就是國王本人。但事實並非如此，名義上的統治者其實是這崎嶇險惡王國最窮的乞丐，承襲了野蠻的傳統，一無所有，只擁有「無所不能」此一概念，並透過動彈不得的處境加以展現。

自從繼承王位開始，他整天倒懸在一座小石屋裡。一條結實的帶子拴住他右

2.〔le Grand Guignol 是一種法國戲劇，源自十九世紀巴黎的大木偶劇場，演出內容充滿暴力、謀殺、強暴、鬧鬼，一度為當時重要的觀光點。〕

3.〔limbo 是基督教傳統中介於天堂與地獄之間的地方，供基督降生前的善人、不及受洗便死去的嬰兒、白癡等的靈魂棲息，此處譯為「臨駁」。〕

腳踝，與屋頂上一個鐵環相連，將他綁在天花板上；左腳踝也綁著帶子，與固定在地板上的另一個鐵環相連。就在這樣缺乏足夠支撐的情況下，他處於搖搖欲墜但絕對的姿勢，由儀式和記憶規定的姿勢。他靜止不動，彷彿浸入使人石化的井中，也從不開口說話，因為他已忘記如何言語。

內心深處，他們全都相信自己受到詛咒。此處流傳一個民間故事，說這一族原先來自另一個快樂富裕的地區，但因為他們全都熱中亂倫——兒子與父親、父親與女兒等等，涵括核心家庭四個成員可能組成的所有變化——招致鄰近居民的憎惡，才被放逐到如今這片只適合持續折磨自己的鬼地方定居。在這國家，亂倫是死罪，要受斬首懲罰。

每一天都有交媾的手足遭到處死，末世般的輓歌令他們的心智懼怕並受教。只有劊子手，因為沒人砍他的頭，敢於，在皮革頭套無可動搖的隱私中，在濺滿血跡的木墩上，與他美麗的女兒做愛。

葛瑞倩，山中唯一的一朵花，掀起白圍裙和搖曳的條紋亞麻布裙，以免弄縐或弄髒，但即使在動作的最後關頭，她父親也不拿下面具，因為沒了面具誰還認得出他？為了這地位，他付出的代價便是永遠孤獨監禁在自己的權力裡。

在那片發臭的空地，在他將親生獨子斬首的木墩上，他行使不可剝奪的權利。那一夜，葛瑞倩在縫紉機裡發現一條蛇，並且，儘管她不知道腳踏車是什麼，哥哥仍踩著腳踏車在她不寧的夢境裡繞圈，直到公雞報曉，她出門拾蛋。

紫女士之愛

在「亞洲教授」那粉紅條紋的帳亭裡，只存在神奇詭妙之事，沒有天光。

這傀儡戲班主所到之處總是灑下些許黑暗，渾身充滿與其技藝直接相關、令人迷惑的謎團，因為傀儡愈是栩栩如生，就表示他的操控愈是出神入化，而僵木偶與靈活手指之間的共生共棲關係也愈是對比強烈。操縱傀儡的人在真實與看似真實(儘管我們知道那並非真實)之間一處三不管地帶投機取巧，穿針引線於我們——活生生的觀眾，與他們——不死的木偶之間；那些木偶根本沒有生命，卻將生者模仿得維妙維肖，因為儘管他們不會說話或哭泣，但仍能做出表意的信號，讓我們立刻將之辨識為語言。

傀儡戲班主用自身的動能使不會動的東西活過來。那些木頭跳舞，做愛，假裝說話，最後模仿死亡；然而這些拉撒路總是死而復活，及時現身於下一場表演，不會有蛆蟲掉出鼻孔，也沒被塵土封住眼睛。他們完好無缺，再度短暫而精確無比地模仿男人女人，但正是那份精確格外令人不安，因為我們知道那是作假；因此，若以神學角度視之，這門藝術或許是瀆神的。

儘管亞洲教授只是四處賣藝的窮漢，但他的傀儡戲技藝已然登峰造極爐火純青。他趕著一輛馬車，車上裝載可重複折疊搭展的戲臺、唯一一齣戲碼的各個角色以及其他種種道具，在許多已不復存在的美麗城市如上海、君士坦丁堡、聖彼得堡[1]演出過之後，一行數人終於來到中歐某國，那裡的山脈險峻陡峭，突兀一如小孩用蠟筆畫出的線條。在這黑暗充滿迷信的川藪斐尼亞[2]，自殺的死者會給戴上串串大蒜，心臟用木樁釘穿，埋在十字路口，森林裡則有巫師施行遠古的獸性邪亂儀式。

他只有兩名助手，十幾歲的耳聾男孩是姪子也是學徒，七八歲的啞女則是路上撿到的棄嬰。教授說話沒人聽得懂，因為他只會講自己的母語，聽起來全是一串無法理解、充滿斷音的ㄎ和ㄊ，因此他平常根本不開口；於是，儘管三個人走向沈默的路徑不同，到頭來都與沈默簽署了完美的契約。但在演出之前的早上，教授和姪子會坐在帳亭外，用手語加上輕柔低哼與吹哨進行沒完沒了的對話，那經過編舞的沈靜就像熱帶鳥類的求偶舞蹈。而這種與人類保有巧妙距離的溝通方式格外適合教授，因為他有種另一個世界來客的味道，那世界中的存在是以微妙細節而非肯定句加以界定。之所以給人這種感覺，部分是因為他已經非常非常老，卻又不太顯老（雖說近來，這兒的天氣總讓他感覺身子骨發寒，總用羊毛披肩將自己團團裹住）；但更主要的原因在於，除了自己創造的活靈活現假象，他對其他一切都抱持著毫無興趣的和藹態度。

此外，無論戲班子已走遍多少地方，成員全對外國事物毫無任何理解。他們都是遊樂場的原生子民，而畢竟遊樂場到哪兒都是一樣的。也許每一處遊樂場都

1.〔君士坦丁堡為神聖羅馬帝國首都，即今之伊斯坦堡（惟希臘人仍以舊名稱之）；聖彼得堡於蘇聯時期改稱列寧格勒，現已恢復原名。〕

2.〔川藪斐尼亞（Transylvania）為羅馬尼亞中部地區，傳說中為吸血鬼的故鄉。〕

只是某個單一、龐大、最初的遊樂場的零星碎片，在很久以前驚異世界一場不明的顛沛流離中散落各地。不管在哪裡，遊樂場都保有它不變、一致的氛圍。旋轉木馬像西洋棋的國王那樣象形，繞著如星球軌跡般不變的圓圈，也如星球般與此時此刻的寒酸世界毫無關連，任這世界的囚徒來目瞪口呆看著如此免於現實的特殊自由。商販叫賣招徠用的是語言外的語言，或者說，那是藏在所有語言之下的悶哼低吠所組成的原型語言。無論在哪裡，遊樂場上都是同樣的老婦兜售黏答答的糖果，儘管這類甜膩糖果的外型或許隨地而異，但本質永遠相同，彷彿專門做來讓蒼蠅吃到醉。無論在哪裡，遊樂場必然有雙頭狗、侏儒、鱷魚男、鬍子女士以及腰繫一塊豹皮的巨人，在奇人怪物秀裡展示他們的特異，並且不管他們來自何方，都帶有畸形人事物那種共通的陰鬱光彩，那種不受任何疆界所限的跨國特性。在這裡，醜怪才是正常。

遊樂場是張堆積如山的餐桌，亞洲博士撿食餐桌掉下的麵包屑為生，但永遠顯得格格不入，因為他的特質跟這裡的刺耳聲響及鮮豔原色不合，儘管這是他唯一的家。他帶有一股飄渺悵然的魅力，就像某種落入水中才綻放的日本花朵，因為他也是透過自身之外的另一種媒介展現激情，那就是他的女主角，傀儡「紫女士」。

她是夜之后，眼睛是鑲嵌的玻璃紅寶石，臉上帶著恆久不變的微笑，永遠露出珠母貝刻成的尖牙利齒，一層柔軟之至的白皮革包覆她白如白堊的臉，以及整個軀幹、四肢關節、所有部位。她美麗的雙手看似武器，因為指甲又長又尖，是五吋錫片塗上鮮紅琺瑯；頭上的黑假髮梳成髻，其繁複沈重遠超過任何真人頸項所能承受。這頭濃密雲鬢插滿綴有碎鏡片的鮮亮髮簪，只要她一動，便會灑下整片粼粼閃動的映影，像小小的光鼠在戲棚中跳舞。她的衣衫全是深沈如睡的色彩——濃暗的粉紅，猩紅，還有如其名的紫，那鮮活振動的紫是殉情之血的顏色。

她一定是某個早已辭世的無名工匠的嘔心瀝血之作，然而若沒有教授拉線操弄，她只不過是一具奇特的構造。是他，如死靈法師一般，為她注入活力；他自身的生命力似乎薄弱，卻能傳送給她豐沛的生命力。她的動作模樣與其說是維妙維肖的女人，不如說是可怖怪異的女神，荒唐卻也堂皇，彷彿不需依賴他的雙手，既完全真實卻又完全不真實。她的舉止與其說模仿真人女性，不如說將真人女性的動作過濾、濃縮，化身為情慾精髓。沒有哪個真人女性敢像她那樣明目張膽充滿誘惑。

教授絕不讓別人碰她，親自為她打理服裝首飾。戲演完了，他把這具木偶放進一口特製箱子，背回他和兩個孩子同住的客棧房間，因為她太珍貴了，不能隨便放在草草搭就的戲棚裡，何況沒有她躺在身邊教授是睡不著的。

這位絕代女伶大展身手的戲碼有個聳動名稱：「恬不知恥的東方維納斯紫女士之聲名狼藉風流韻事」，整齣戲從頭到尾充滿異國情調。咒語般唸唸有詞的戲劇儀式立刻殲滅理性世界，讓觀眾置身魔幻異地，一切都毫不熟悉。一連串描述她故事的靜止畫面本身就充滿意義，當教授用他那無人能解的母語吟誦旁白，場景的奇異氛圍不但不曾稍減，反而更形強烈。他俯身在戲臺上方指導女主角的動作，口中誦讀某段念詞，聲音時而鏗鏘、時而沙啞，抑揚頓挫起伏不定，與啞女不時撥動的弦樂器組成怪異的二重奏。但教授講紫女士的台詞時你絕不會聽不出來，因為這時他的聲音變成低沈淫蕩、彷彿毛皮浸蜜的呢喃，讓觀眾不禁打起一陣陣舒爽的哆嗦。在通俗劇的象徵世界裡，紫女士代表激情，她所有的動作都經過計算，是性慾的三角幾何。

不知怎麼，教授總是弄得出一些用當地語言印製的傳單，傳單上一律寫著劇名，然後底下是：

東方奇女子，名妓紫女士，快來看她如今淪落成何等模樣！

獨一無二的奇觀。請看貪求無饜的紫女士如何終於變成各位眼前這具傀儡，任憑色慾之線操控。快來看放蕩不知羞的東方維納斯如今僅存的遺跡，一具木偶。

這令人迷惑的演出具有近乎宗教的力道，因為傀儡戲裡沒有所謂自然自發，所以永遠傾向儀式般的忘我強烈；劇終，觀眾跌跌撞撞走出幽暗棚亭時，心中幾乎也不再存疑，在教授的流暢表達下幾乎確信那君臨戲臺的古怪人形真的是某座放諸四海皆準的娼妓化石，曾經是一個真的女人，身上豐沛的生命力多到適得其反，她的吻像酸液萎蝕，她的擁抱像閃電雷霆。但教授和助手隨即拆卸場景，收好木偶，畢竟那些都只是普通的木頭，明天戲又會再度上演。

以下就是教授的傀儡演出的紫女士故事，配上啞女那癲狂的三味線[3]伴奏，以及演員們肢體擦碰清晰可聞的喀噠聲。

恬不知恥的東方維納斯紫女士
之
聲名狼藉風流韻事

她才出生幾天，就被母親用破毯子包著丟在一對無法生育的富商夫婦家門口，這兩個資產階級規矩人將成為這惑人女妖的第一批冤大頭。他們用錢用心對她寵愛備至，然而養大的這朵花雖然芬芳，卻是肉食生物。十二歲那年，她引誘養父上床，養父被迷得暈頭轉向，將存放所有財產的保險箱鑰匙交給她保管，她隨即將之席捲一空。

她把錢財和養父本已送給她的衣物首飾裝進一只洗衣籃，拿廚房裡片魚的刀捅進這首任情人及他妻子，也就是她養母，的肚子。然後她放火燒屋，湮滅自己犯罪的痕跡。她將童年消滅在這場燒毀她第一個家的大火裡，像隻墮落鳳凰自罪行的火葬堆中重生，現身紅燈區，立刻將自己賣給最具規模那家妓院的鴇母。

紅燈區的生活完全在人造日子中度過，因為外界昏昏欲睡的午夜時分正是那些擁擠小巷的繁忙正午，而這個晨昏顛倒、邪惡醜陋世界的唯一功能便是滿足感官慾望。人心的變態天才所能設想出的任何慾望、任何繁複花樣，這裡都能充分滿足，在鏡室，在鞭笞屋，在違反自然的交媾秀，在「既男又女」和「女性男子」的曖昧夜場表演中。肉體是每一家的招牌菜，熱騰騰端上來，配上你想像得到的任何佐料。教授的傀儡木然而敷衍地演出這些戰術，就像玩具士兵假裝進行一場肉慾之戰。

3.〔一種日本傳統樂器，略似三弦。〕

沿著街道兩旁，待價而沽的女人是慾望的人偶，關在藤籠裡展示，讓可能的客戶慢慢逛、細細看。這些崇高的妓女坐著動也不動如同偶像，臉上畫著抽象圖形代表各式魅力，華麗繁複的衣裝暗示底下是一層不同的皮膚。軟木鞋跟高得令她們無法步行，只能蹣跚搖晃；織錦腰帶太僵硬，使手臂難以動作伸展：她們身體受限的模樣儘管十足令人心動，但至少也有部分原因是耳聾助手的動作不夠熟練，因為他學藝的成績連一般程度都還沒達到。所以這些姬妾的姿態形式化得一如發條控制，然而不管是否歪打正著，整體配合的效果確實極佳，每一具木偶都像修辭文句恰到好處的用字，被這一行的嚴厲規範縮減成女人此一概念的無名本質，是「女性」的形而上抽象化約，只要付一筆費用，便能立刻轉譯為甜美或可怕的忘我沈醉，視她擅長的項目而定。

紫女士擅長的項目不堪得幾乎無法言傳。十五歲不到，她就足登長靴，身穿皮衣，成為鞭子女王。爾後她習得酷刑折磨的神秘技藝，徹底研究各式各樣巧妙裝置，動用一系列繁複華麗的程序，包括法蘭絨、羞辱、針筒、拶指夾、鄙視及精神痛苦；對她的眾多情人而言，如此無情的操演是生命所繫的食糧，而她殘酷雙唇的一吻是受苦的聖餐。

不久，她便成功自立門戶。在聲名最盛的顛峰歲月，她心血來潮一個念頭就足以讓年輕男子蕩盡家產，而沒血沒淚的她一旦搾乾對方的財富、希望和夢想，便將他拋棄；或者也可能把他鎖進衣櫥，逼他眼睜睜看她隨便從街頭找來一個乞丐，免費帶上她那張平常昂貴得難以置信的床。她冷硬，不是供慾望恣意擺佈的可塑材料；她不真的算是妓女，因為她是男人將自己變成娼妓獻身的對象。她是獨一無二的慾望行使者，週身繁衍惡性幻想，將情人當作畫布，創作閨房傑作，塗繪毀滅。她散發的電力足以融化皮膚。

不久後，為擺脫情人或者只為好玩，她開始殺人。她毒死一名政客，取出大腿骨，交給工匠打造成一支長笛。她說服後來的歷任情人吹這笛給她聽，並以柔軟如蛇之至的優雅姿態隨著妖異樂聲起舞。這時啞女放下三味線，拿起竹笛吹出怪異旋律，儘管此處並非劇情最高潮，但這支舞確實是教授演出的高潮，因為在這不懷好意的室內樂中頓足、旋轉、扭身的紫女士，完全變成了令人無法抗拒的邪惡化身。

她如瘟疫般降臨，對男人而言既是惡疾也是可怕的啟蒙，而她亦如瘟疫般極具傳染性。她所有情人的下場都是這樣：身上的襤褸破布被傷口流出的膿黏住，眼神空洞得可怕，彷彿心智已如燭火被吹滅。他們像遊行的幽魂走過戲臺，還加上中古世紀式的恐怖場景，一會兒這人的手脫離肩膀，忽地飛進側幕消失不見，一會兒那人的鼻子停留在空中，儘管骨瘦如柴的身形猶然蹣跚前進。

紫女士煙火般燦爛輝煌的生涯也如同煙火結束於灰燼、寂寥與沈默，她變得比那些受她感染的人更不堪入目。瑟爾西[4]自己終於也變成了豬，被自己的火焰燒灼入骨，成為形銷骨立的影子在人行道上徘徊。災難毀了她。她被以往爭相奉承她的人用石塊和毒誓趕走，淪落在海灘拾荒，拔下溺死屍體的頭髮賣給做假髮的人，假髮再賣給其他沒那麼魔鬼心腸、因此比較幸運的妓女。

此時她的華服、假寶石和龐大髮髻都掛在後台，在悲慘絕望的最後一幕她穿的是一件粗麻布破衫。受到極度色情狂的驅使，她對大海不屑地拋在她腳邊的浮腫屍體做出駭人聽聞的姦屍行為，因為她那乾枯的放縱慾望已完全機械化，於是她重複自己以前做過的動作，儘管她已徹底成為他者。她廢除了自己的人性，變成一堆木頭加頭髮，變成了木偶，自己就是自己的複製品，是雖死猶動的、恬不知恥的東方維納斯。

教授終於感到上了年紀，四處奔波逐漸吃不消了。有時他在喧鬧的沈默中向姪子抱怨這裡疼、那裡痛，肌肉僵硬，肌腱不靈活，氣也喘不過來。他走路開始有一點點跛，把裝卸戲臺的粗活全交給男孩。然而經年累月，紫女士那芭蕾舞般的默劇變得更加精妙，彷彿長久以來從他身上流向單一目標的那些能量逐步自我提煉，終於變成單一、純淨、濃縮的精華，完全傳送到木偶身上。教授的心智變得頗似習禪劍客，劍與魂合而為一，因此劍離了人、人離了劍都沒有意義。這樣的人持劍欺向對方時一如自動機械裝置，心中空無雜念，再分不出何者為己、何者為劍。傀儡戲班主和木偶也已到達這個境界。

4.〔瑟爾西（Circe）是希臘史詩《奧狄賽》中一女妖，將漂流至她島上的奧狄秀斯的隨從變成了豬。〕

年齡影響不了紫女士，她從未渴求長生不死，因此不費吹灰之力便超脫此一侷限。有些人不明白光是讓她舉起左手的如此小動作都需要何等技巧，看到她不肯老去或許覺得受不了，但教授不會這樣胡思亂想。她奇蹟般的非人存在使他們的友情完全不受擬人聯想的限制，即使萬靈節也一樣——這裡的山區居民說，那天夜裡死者會在墳場舉行面具舞會，由惡魔拉小提琴親自伴奏。

粗樸無文的觀眾付了小錢，得到一點值回票價的刺激，魚貫走出戲棚，遊樂場仍像活蹦亂跳的老虎精力充沛。路邊撿來的女孩收起三味線，在棚亭裡掃地，姪子重新搭好戲台，為明天的午場演出做準備。教授注意到紫女士最後一幕穿的破麻衫綻了線，老大不高興地嘟噥自語，替她脫下衣服；她掛在那兒左右輕輕擺晃，他則坐在戲臺一把道具木凳上動起針線，像個勤奮的家庭主婦。縫補工作比乍看之下麻煩，因為麻布也扯破了，需要密密補綴，於是他叫兩個助手先回客棧，自己留在那裡完工。

戲臺一側的釘子掛了盞小油燈，光線微弱但安寧。夜色中，陣陣霧氣穿透防水帆布的縫隙飄進戲棚，白色傀儡忽隱忽現、忽亮忽暗，然後縐綢般的濛濛簾幕逐漸掩住她，彷彿為她妝點打扮，或者要讓她更具朦朧的誘惑力。她的頭微微偏向一側，霧氣讓畫在臉上的微笑變得柔和了些。最後一幕她戴的是披散的黑假髮，直垂到她包覆柔軟皮革的身側，髮梢隨她的零星動作飄動，在她白板般的背上製造出波動的視覺效果，使看的人懷疑自己是否眼花。教授與她獨處時常用自己母語跟她聊天，此刻也不例外，唸唸叨叨隨口說著家常小事，說天氣，說他的風濕，說這地方的粗黑麵包又貴又難吃。微風吹動她，與她共舞這支微弱得幾乎無法察覺的悲傷華爾滋；霧氣一分濃於一分，愈來愈蒼白，愈來愈黏稠。

老人縫補完畢，在老骨頭一兩聲喀響中站起身，把可憐兮兮的戲服整整齊齊掛在後台衣架上，旁邊是那件發著微光的酒紫色晚禮服，上面綴滿粉紅芙蓉，配上洋紅腰帶，是她跳那支駭人之舞時穿的。他正準備把赤裸的她放進棺材形木箱背回冷颼颼的房間，卻停了下來，突然有個孩子氣的念頭，這一夜想再看一次她全副盛裝的模樣。他取下衣架上的禮服走向她，她在那裡搖曳款擺，只受風的意志控制。他一邊為她穿衣，一邊喃喃輕哄彷彿她是小女孩，因為她雙臂雙腿都無力軟垂，像個六呎高的嬰孩。

「這裡，這裡，我的美人兒，這隻手伸這裡，對啦！哎呀當心點，慢慢來……」

他溫柔取下那頂悔罪的假髮，看見沒了頭髮的她禿得多麼無助，不禁嘖嘖出聲。那巨大髮髻幾乎要墜斷他的手，他得踮起腳尖才能把髮髻安在她頭上，因為她是真人大小，比他高出不少。不過髮髻戴好後，著裝便於焉完成，她再度變得完整。

現在她打扮妥當，看來彷彿那一身枯木同時綻放一整個春季的花朵，供老人獨自享受。她足以扮演最美的女人的範本，一個只有男人的記憶加想像能塑造出的女人，因為油燈的光線太微弱，模糊了她平常傲慢的神態，又太柔和，使她長長的指甲看來有如飄落的花瓣般無傷。教授有個怪習慣，總要親吻這木偶道晚安。

小女孩會親吻玩具，假裝玩具也會睡覺，但儘管年紀小，她也知道玩具的眼睛無法閉上，因此永遠是怎麼親吻也喚不醒的睡美人。極度孤單難熬的人可能會親吻鏡中自己的影像，因為沒有別的臉可以親吻。這些親吻都是同一類，是最痛楚的愛撫，因為太謙卑、太絕望，不敢奢求任何回應。

然而，儘管教授悲哀又謙卑，他乾裂枯萎的嘴吻上的卻是溫熱、潮濕、顫動的唇。

木頭睡美人醒來了。她一口貝齒碰到他的牙，發出鐃鈸般聲響，她溫暖芬芳的氣息吹在他身邊，像一陣義大利狂風。那張突然動起來的臉上閃現萬花筒般各式表情，彷彿她瞬間試過庫存的所有人類情緒，在永無止盡的那一刻練習所有情緒的音階，一如演奏音樂。她雙臂像勒人的藤蔓，纏繞住教授孱弱的骨皮結構，愈纏愈緊，她的真實比他年老體衰的身體更真實、更有生命。她的吻來自黑暗國度，在那裡慾望變成客體，自有其生命。穿過某個形上學的漏洞她進入了這世界，隨著那一吻吸盡他肺中的氣息，自己的胸口開始起伏。

於是，不需旁人的操縱，她開始了接下來的表演，看似臨場發揮，實則只是同一主題的變奏。她一口咬進他喉嚨，將他吸乾，他連叫喊一聲都來不及。被吸空的他隨之滑出她懷抱，窸窣落在她腳邊，像滿滿一抱的枯葉被扔下，就這麼萎頓在地板上，跟他落地堆成一團的羊毛圍巾一樣空洞、無用、沒有意義。

她不耐地拉扯固定住她的線，線斷了，整把落在她頭上、臂上、腿上。她將線從指尖撕下，伸出又白又長的雙手，一再伸縮。多年來第一次，或者說永恆以來第一次，她終於求之不得地閉上那口沾血的牙，雙頰仍因工匠當初刻在她原先那張臉的材料上的微笑而痠痛。她跺了跺那雙優雅的腳，好讓新獲得的血液流得更暢通。

她的髮髻自動鬆散披落，擺脫髮梳、頭繩和髮膠的限制，重新在她的頭皮生根，像割下的草跳出草堆長回土地。一開始，她愉快地打著哆嗦感受寒冷，因為知道自己正在體驗一種生理感覺；然後她記起，或者說她相信自己記起，寒冷不是一種愉快的感覺，於是跪下撿起老人的披肩，仔細圍在自己身上。她的每一個動作都是本能，爬蟲般美妙流暢。此時棚外的霧氣已像潮水湧入，白色浪頭撲在她身上，使她看來像一尊巴洛克式船艏破浪雕像，是船難的唯一倖存者，被潮水沖上岸來。

但無論她是重生或新生，復活或變活，是從夢中醒來、還是實現只因相同動作重複太多遍而在木雕頭殼中產生的幻想，總之，那活過來的頭髮下的大腦，對如今眼前的無數可能性只有最微薄一點概念。滲透進木偶的念頭是，她或許可以不必受別人技巧的操控，而是出於自身慾望自行演出生活的種種形式，但她沒有能力理解那套啟發她的複雜邏輯，因為她一直以來只是傀儡。然而，儘管她無法認知困住自己的矛盾，卻依然逃不過這套循環弔詭：是傀儡可以盡情模仿活人，還是如今活過來的她要模仿自己身為傀儡時的表演？儘管她很明顯是個女人，年輕又美麗，但那張痲瘋般慘白的臉卻使她看似受惡魔意志操縱的屍體。

她刻意打翻掛在牆上的油燈，戲臺隨即積起一攤油，一抹火星躍過燃油，火舌立刻開始吞噬簾幕。不一會兒戲臺便化為地獄火海，教授屍體在不安的火床上輾轉反側。但她已悄悄溜到戲棚外的遊樂場，沒有回頭看戲臺燒得像被自身燭火燃著的紙燈籠。

此刻時間已經很晚，奇人怪物秀、薑餅攤和賣酒的亭子都拉下門上了鎖，只有浮雲半掩的月亮發出微弱髒污的光芒，讓這些薄弱的木板門面顯得扭曲變形，使這整個空無一人、滿地飲酒作樂後嘔吐物的地方看來無比寂寥。

她迅速走過寂靜的圓環朝城鎮走去，只有陣陣霧氣陪伴，像隻歸巢的鴿子，出於必須的邏輯，投向城裡唯一的妓院。

冬季微笑

這裡沒有海鷗，唯一的聲響是海浪迴盪。這一帶海岸地勢相當平坦，過於寬廣的天空以令人難以忍受的重量籠罩下來，擠出一切事物的本質，沈沈壓得我們全得反躬自省，大海永無休止的喧囂更加強了抑鬱內向的感覺。太陽下山後變得很冷，我輕易就哭了起來，因為那輪冬之月刺穿我的心。異常的黑暗包圍冬之月，正是白晝那不似人間的清澈天光的反命題。在這片黑暗中，只要見到一顆星，每家每戶的狗便成群嗥叫起來，彷彿星星是不自然的事物。但從早晨到傍晚都有幻覺般的光遍照沿岸，冷冷閃動的明亮陽光下一切都變了模樣，海灘彷彿沙漠，大海是海市蜃樓。

但這海灘從不像沙漠那樣杳無人跡，差遠了，有時甚至聚集了沈默的群眾——

成群女人來將曬在竹架上的魚乾翻面，星期天的遊人，甚至有形單影隻的釣客。有時卡車在鄰近岬口與海灘之間來來往往，放學後也有孩童來這裡打場克難棒球，木棍充當球棒，潮水沖上岸的死螃蟹當球。孩童戴著黃色棒球帽，頭很圓，臉色很平淡，形狀色澤都像棕色雞蛋。他們一見到我就吱吱咯咯笑，因為我的皮膚是白裡透粉紅，他們則一律是實用的淡棕。除了這些人，還有夜裡的機車騎士在沙灘上留下深深車轍，彷彿在說：「我來過了。」

當夜色陰影濃重落在海灘，彷彿多年沒撢過塵埃時，機車騎士就出動了，這是他們最喜歡的時間。他們在沙丘間用紅色木樁標出一條跑道，以驚人的速度穿梭奔馳。他們愛什麼時候來就什麼時候來，有時一大清早，但多半在星月微光下，猛催油門大聲宣告現身。他們留長髮，頭髮飄在身後有如黑旗，美麗一如《奧爾菲》那部電影[1]裡的死亡前導騎士。我真希望他們別那麼美；若他們沒那麼美、那麼難以接近，我會覺得比較不寂寞——儘管我來這裡就是為了要寂寞。

海灘上滿是大海的垃圾，浪潮留下了連大海鐵胃都難以消化的、殘缺捲曲的透明塑膠袋，有裂口的米酒瓶，裝滿沙子的單獨一隻防水靴，破啤酒瓶，有次還把一隻僵硬的棕色死狗直沖到松樹林那裡。受天氣微妙纏裹成形的松樹蹲踞在我花園盡頭，乾土與沙地交接之處。

松樹已開始結今年的毬果，每一根長著蓬亂針葉的粗鈍樹枝尖端都有略帶茸毛的一小團，就像幼犬的小雞雞，而去年的松果仍攀著粗糙的樹幹，但已搖搖欲墜，只要輕輕一碰就會紛紛掉落。但整體說來，松樹有種頑強的味道。它們將根深深挖進滿是貝殼的乾土地，在從阿拉斯加一路吹來的狂風中吃力後仰，完全暴露於天氣，卻又跟天氣一樣對一切無動於衷。這十二月的沿海一副漠然，正適合我寂寥的心情，因為我是個生性憂傷的女子，這點毫無疑問。在這快樂的世界，我該是多麼不快樂呀！這國家有全世界最鮮活有力的浪漫主義，認為獨居女子應該以寥落淒清、觸景傷情的環境來加強她的憂鬱。在他們的古書裡，我讀遍一個又一個遭棄的情人痛切傷心一如瑪莉安娜[2]在壕溝圍繞的莊園，荒廢花園長滿鴨跖

1.〔Orphée，一九四九年由尚—考克多(Jean Cocteau)所導。〕

2.〔典出丁尼生詩作〈瑪莉安娜〉(Mariana)，描寫女子因日夜盼情人不至而悲痛欲絕；詩中的瑪莉安娜則是引自莎士比亞《自作自受》一劇的人物。〕

草和艾蒿，泥牆失修傾圮，錦鯉池被蓮葉遮蔽。一切都與女主人的哀愁心境相輔相成，形成一幅動人的寂寥意象。在這國家你不需想，只需看，很快你就會覺得自己了解了一切。

村裡每棟老房子都以隱蔽隔絕為要務，飽經風霜、未上油漆的木窗扇通常緊閉，關住自家一片憂傷天地。這種建築秉持陰鬱枯寂的美學，以不斷向內退去為原則。房舍鋪滿薄木板，屋頂的形狀和顏色都像灰霾天氣裡結凍的浪潮。早晨，人們拆下外側牆板讓新鮮空氣流通，走過時能看見裡面的牆也全是可拉動的門扇，不過是硬挺的紙糊而非木板，你可以瞥見屋內漸次退去的無盡層次，色調偏棕，彷彿一切都曾在若干時日以前髹上一層厚厚清漆。儘管屋內層次可以隨意改變，移動門扇形成新房間，但新房間永遠跟原來的房間一模一樣。反正鋪著榻榻米的室內全都一樣。

有些園籬的柵欄縫隙較大，有時我能看見園籬內的花園，與季節完美契合得簡直像無人照料。但有時候，這些原色木料搭建的脆弱民居、後院生鏽水泵與枯萎菊花組成的靜物（或者該說死物寫生）、棄置在沙灘上逐漸腐朽的漁船——有時候整個村子看起來都像已遭遺棄。這畢竟是棄置的季節，活力暫告懸置，精力止歇一段長時間，要我們培養堅忍精神。一切事物都掛上寂寥的冬季微笑。我住處破舊的前門外，有一條運河，就像瑪莉安娜住在壕溝圍繞的莊園；屋後除了那些匍匐潛藏的松樹，再過去就只有海。冬之月刺穿我的心。我哭泣。

但今晨我來到海灘，掛著乾去淚痕變得僵硬的臉頰在風中皸裂，卻發現大海沖上了一份好禮給我——兩塊漂流木。一塊形狀分岔，像條木頭長褲，另一塊則較大，是發灰磨損的樹根，像毛髮蓬亂的獅爪。我習慣收集漂流木，放在松樹間擺出充滿畫意的姿態，然後我自己也擺出充滿畫意的姿態站在一旁，看著永遠煩亂的波浪，因為在這裡我們大家都擺出充滿畫意的姿態，所以我們都這麼美。有時我想像某個晚上那些騎士會在我花園前停車，我會聽見他們靴子踩在去年掉落的松果組成的易碎地毯上，然後面海那扇門會傳來遲疑的敲門聲，他們會恭敬沈默等待我出現，因為他們的身體都只是影像。

我的口袋裡總沈積一層粗糙沙礫，因為我去海灘時會撿貝殼放進口袋。絕大部分貝殼都狀如圓形雕塑，色如棕色雞蛋，內面是溫暖的乳黃，有一種古典式的單純。貝殼表面有幾乎察覺不出的紋路，形成一種花瓣般細微起伏的質感，撫摸起來也像日本人肌膚那樣順手適意。但也有純白的貝殼，外層凹凸不平，內面卻光滑如大理石，總是相連成對出現。

此外還有一種貝殼，不過比較不常找到。這類貝殼是包頭布般的螺旋狀，帶有粉紅斑點，質地非常細薄，大海輕易就能磨去外殼，露出螺旋中心，通常還附有巴洛克式精細繁複的微小鈣化寄生蟲。這類貝殼是三種裡最小的，結構卻細緻得多。有次我撿起一顆這種貝殼，發現裡面有一根乾燥的、桃紅色的、某種小小海生物的斷肢，像一段脫水的記憶。有時滿地貝殼間會掉落一些魚，每條魚都像道家之鏡以絕對的純淨反映天空。

這些魚是從曬魚乾的架子掉下來的。鋪滿魚乾的竹箴搭在支架上，遍佈海灘，彷彿為全縣辦了一場盛宴，但沒人來吃。靠近村子處另有些放滿竹箴的曬場，其中一處拴了頭羊在吃草。這些魚亮得像錫，只有我小指大小，曬乾後裝進塑膠袋販售，用來增添煮湯的滋味。

村裡的女人把魚鋪放在架上，每天都來翻動，魚曬好後便疊起竹箴，搬進小屋準備裝袋。這裡有很多這種安靜得吵人、肌肉發達、令人生畏的女人。

殘酷的風在她們毫無表情的陰沈臉上灼出黃褐皺紋。她們每人都穿深色或灰撲撲的長褲，褲腳紮緊，腳上是橡膠短靴或足趾分岔的襪子，再加上毛衣外套和縫有襯裡的寬大棉外衣，看來呈頭重腳輕的方形，彷彿被推也不會倒，只會不懷好意地前後搖晃。外衣上又套著一塵不染、飾有粗糙花邊的短圍裙，白巾包在頭上，或者類似修女頭巾那樣垂下來包住耳朵和喉嚨。她們兇惡又具侵略性，公然盯著我看，好奇中帶點敵意，笑起來露出值錢的金牙，雙手粗硬像十八世紀為錢打拳的人，那些人也常把拳頭泡在鹽水裡。她們讓我覺得不是我就是她們在女性特質方面有所匱缺，我想一定是我，因為她們背上多半有一團有突起的活物，外套底下背著嬰孩。村裡看起來似乎只有女人，因為男人都出海了。每天一大早，我會出門去看閃閃爍爍的漁船燈火，船下的海水在即將日出的時刻變成深紫。

暴風雨過後的早晨潮濕有霧，看不清海平面，水天連成一氣，風與潮水改變了沙丘的輪廓。濕沙顏色深如棕色奶油軟糖，又比軟糖更紮實而柔軟，我彷彿走在一鍋奶油軟糖裡，漫步於甜點王國。潮水留下一條條發亮的鹽粒痕跡，強而有力地將岸邊形塑成懸崖、港灣、入海口似的抽象曲線，一如阿普[3]雕塑的曲線墳塚。但暴風雨本身就是吵鬧的音樂，把我住的房子變成風神的木琴。風整夜敲打每一片木板表面，房子就像個共鳴箱，即使最靜的夜裡，松樹間輕聲沙沙的風也會溜進紙窗。

有時午夜騎士的車燈會在窗扇上畫出明亮的象形圖案，尤其是沒有月亮的夜裡，當我獨處在異常黑暗中；看見他們的車燈、聽見引擎隆隆，我有點害怕，因為那時他們像是被否定之光的子孫，從海裡直駛而來。而海正如黑暗一樣神秘，也是夜的完美意象，因為海是有人居住的這半已知世界的倒轉，正如夜晚。不過夜之國度也住著許多不同的居民。

他們都穿滿是釘釦的皮夾克和高跟靴。這身虛華行頭不可能是村裡買的，因為村裡的商店只賣實用物品如煤油、棉被、食品，且村裡的所有色彩都微暗而曖昧，如飽經風霜的灰暗木頭，沒有生命力的冬季植物。有時我看見柳橙樹結著纍纍金球彷彿魔法，卻更對比突顯出其餘一切的靜止端肅，共同組成寂寥的冬季微笑。下雨的夜晚，若有足夠明亮、足以刺穿人心的冬之月，我常會滿臉淚痕猶濕地醒來，於是知道自己又哭了。

夕陽西下之際，每一道陽光變得個別可辨，以一種奇特的強度斜照在海灘，從沙粒中沖出長長的影子，同時彷彿照穿湧來的浪潮中心，使其看來有如由內點燃亮起。浪頭撲上來之前鼓湧前進，臃腫的形狀和巧妙缺陷的熾亮就像新藝術派玻璃，彷彿其中那些半透明的意象形體試圖噴發——我說意象是因為海洋生物就是意象，這點我深信不疑。在一天這個時刻，大海的色彩變幻多端——十九世紀著色明信片裡海洋的那種化學亮綠，或者太深濃不適合傍晚的藍，或者有時閃著幾乎無法逼視的金屬光輝。我帶著慣常的冬季微笑，佇立花園邊，旁邊是一群綠態，看著太平洋那色彩豐富的袖口上永遠煩亂的白色蕾絲。

海洋國度住著不同的居民，他們散發出來的東西有些會起伏著經過我身旁，當我在少見的灰暗陰鬱冬日沿著海灘走向村子，沙礫有如怨靈被一陣陣盲目的阿拉斯加風吹動，趕往不知名的聚會場所。海裡來的東西如蛇般纏繞撫上我的腳

3.〔Hans Arp（1887-1966）又名 Jean Arp，法國前衛雕刻家、畫家、詩人。〕

踝，眼睛滿是沙子，但有些生物眼裡則滿是水；那些女人在曬魚架之間走動時，我覺得她們也是海洋生物，是長在海底骨架堅硬的植物。如果潮水吞沒村子——這隨時可能發生，因為這裡沒有山丘或防波堤保護我們——村裡的生活在水下也會繼續，海羊仍吃著草，商店仍熱鬧賣著章魚和蕪菁泡菜，女人們繼續靜靜做事；反正這裡一切本就安靜得有如置身水底，空氣也如水般沈重、如水般扭曲光線，看出去讓人覺得自己眼睛是水做的。

別以為我不明白自己在做什麼。我正在寫一篇文章，運用以下元素：冬天的海灘，冬天的月亮，大海，女人，松樹，機車騎士，漂流木，貝殼，黑暗的形狀和水的形狀，以及廢物。這些都不利於我的寂寞，因為它們對我的寂寞一派漠然。身處這些不利的漠然事物之間，我打算代表寂寥的冬季微笑——你一定已經猜到，那就是掛在我臉上的微笑。

穿透森林之心

這整個區域就像棄置的花缽，滿溢鮮活綠意，這片美麗森林深處內陸，四周又有崇山峻嶺險阻屏障，此地居民相信「海洋」是某個外國人的名字，若見到船槳也一定會以為是用來搧穀去糠的扇子。他們不修路、不築城，各方面——尤其是不幸的過往遭遇——都與憨第德[1]相似，也像他一心一意只種花蒔草。

他們的祖先曾是奴隸，多年前逃離遠處平原上的農園，艱辛困苦越過此洲大陸荒瘠的地岬，耐受無垠的沙漠和凍原，然後翻越崎嶇丘陵、攀登高山，終於來到這片宛如夢中樂土的豐饒之地。現在他們自成天地，與世無爭，感興趣的範圍

1.〔憨第德(Candide)為伏爾泰一部小說及其同名人物。〕

不超過谷地中央松林外圍的灌木叢，生活只需些許簡樸樂趣便已滿足。從不曾有誰充滿冒險精神去追溯灌溉他們耕地的大河源頭何在，或走進森林中心深處。他們對自己遺世獨立的堡壘已太心滿意足，除了悠閒之樂什麼也不關心。

過往生活的唯一遺跡，是昔日奴隸主烙印在他們舌端的法語，但其中也摻雜殘存某些被遺忘的鳥鳴般非洲方言，使他們的腔調多了些出人意料的抑揚頓挫，多年下來自成一套木本隱語，與法文文法已大相逕庭。當年他們破爛的包袱巾裡也帶來一點點黑暗的巫毒民俗，但這類血腥鬼魂無法存活在陽光和新鮮空氣中，便集體遷出村子，只棲息在關於森林的曖昧邪門傳言，終至僅剩下可能潛藏於蓊鬱深處難以捉摸的輪廓，最後，其中某個陰影無聲無息轉變成一棵樹的真實形體。

幾乎像是要為自己缺乏探險欲望編造正當理由，他們終於口耳相傳地在森林裡種出一棵不懷好意的神秘樹木，就像爪哇傳說中連樹蔭之影都能致人於死的「烏帕斯樹」，潮濕樹皮分泌劇毒汗汁，果實足以毒死一整個部落。因為有這棵樹，探險便成了絕對禁止的活動——雖然每個人心底都知道事實上並沒有這樣一棵樹存在。但儘管如此，他們覺得還是待在家裡最安全。

這些林地居民生活不能沒有音樂，便以巧妙的手藝與天分自製小提琴和吉他。他們喜愛美食，因此有足夠的動力種植蔬果、畜養羊雞，把這些材料做成樸實但豐盛的菜餚。他們曬乾自家種的美味水果，加糖做成果脯，浸蜂蜜做成蜜餞，偶有外地人帶著一捆捆棉布、一束束緞帶，穿過唯一一條危險重重的山路隘口來到此地時，便用來以物易物。婦女用換來的布為自己裁製長裙、襯衫，也為男人裁製長褲，因此每個人都穿得五顏六色：紅花黃花、紫格綠格、彩虹般條紋等等，頭上還戴著自編的稻草帽。只需再插上幾朵花，一身稱頭的打扮便大功告成，而花朵在他們四周本就漫山遍野，茂盛得讓戴著稻草屋頂的村子本身就像座花園。這裡的土壤肥沃得驚人，處處花團錦簇姹紫嫣紅，騎驢穿越隘口的植物學家杜柏瓦[2]看見山下天堂般的景色時不禁驚呼：「老天！簡直像亞當夏娃把伊甸園對外開放！」

2.〔杜柏瓦(Dubois)在法語中原意即為「(來自)森林的」。〕

杜柏瓦正在尋找一處他自己也不知何方的目的地，但他十分確信那地方必定存在。他已走遍全世界大多數偏遠地帶，用戴著厚厚圓眼鏡的眼睛細細觀察每種植物。冠上他姓氏的包括達荷美[3]的一種蘭花，中南半島的一種百合，還有巴西某城鎮一個黑眼睛的葡萄牙女孩，那城鎮無比保守端莊，連計程車都有椅套。但他深愛那纖細孱弱、一雙哀愁眼睛已預示她將不久人世的妻子，因此在那兒落地生根，就像一株移植異地的植物，而她也感激丈夫的愛，為他生下一對雙胞胎之後才死去。

只有回到當初為了她而拋下的花草荒野，他才能得到些許慰藉。他已近中年，大骨架，戴眼鏡，對自己的巨人身高不好意思因而總習慣彎腰駝背，鬚髮蓬亂，個性溫和，像頭草食的獅。由於不善與人計較，他的研究成果沒得到應有的學術地位，再加上痛失愛妻，使他渴望獨處，渴望在一個沒有野心、鑽營和欺騙的地方撫養孩子，讓他們小樹般有力而無邪地成長。

但這樣的地方很難找。

他四處漫遊，離文明世界愈來愈遠，但始終不曾感覺找到歸屬，直到那天早上，陽光照散霧氣，他騎的驢一步步走下崎嶇小徑，小徑長滿被露水沾濕的野草青苔，已不太能算是路，只是再模糊不過的一道方向。

小徑帶他迂迴下坡，來到深埋忍冬花叢的村落，高地的稀薄空氣滿是慵懶甜香。晨曦中音符顫動，有人正用吉他輕彈一首牧野晨歌。杜柏瓦經過那戶人家，一個深色皮膚、繫大紅頭巾的豐滿婦人正好推開窗扇，摘一串牽牛花插在耳後。她看見陌生人，露出如朝陽再升的微笑，用幾句悠揚詞語向他打招呼，那詞句是他的母語，可又不知怎麼添加了陽光和焦糖奶油。她表示要請他吃早餐，因為他遠道而來肚子一定餓了，正說著話，黃漆大門砰地推開，湧出一群吱吱喳喳的小孩將驢子團團圍住，仰臉看著杜柏瓦像一朵朵向日葵。

來到這克里歐人[4]的村落六個星期後，杜柏瓦再度動身，回岳父母家開始打

3.〔達荷美(Dahomey)為西非一共和國，一九七六年改稱貝南(Benin)。〕

4.〔克里歐人(Creole)一般指西印度群島或美國南部的歐洲殖民者後裔，或非洲與歐洲族裔的混血兒。〕

包，帶走所有的藏書、筆記、研究紀錄、眾多珍貴標本、器材設備、足夠下半輩子穿的衣物、以及一箱有紀念價值的私人物品。這一箱東西和兩個子女，是他對過去所做的唯一妥協。村民們暫時中斷無所事事的生活，為他準備了一棟木屋；一切安頓好之後，他便緊閉起心門，只親近森林邊緣，對他來說那就像一本奇妙天書，要竭盡餘生之年才能學會閱讀。

鳥獸都不怕他，他在樹林間素描時，彩色的喜鵲停在他肩上若有所思，幼狐則在他腳邊玩耍，甚至學會把鼻子拱進他寬大的口袋找餅乾吃。對他日漸成長的子女而言，他愈來愈像是周遭環境的一部分而非具體的父親，他們也不知不覺從他身上吸收了一種非人的光芒，對絕大多數的人類——也就是對那些不美、不溫和、天性不善良的人——抱持一種和氣的無動於衷。

「在這裡，我們都變成了 homo silvester，也就是『森林人』。」他說。「這比那種早熟又只知破壞的 homo sapiens，也就是『智人』，要好多了。還智人呢，人的智慧哪能跟大自然比？」

其他無憂無慮的孩子是他們的玩伴，玩具則是花鳥蝴蝶。父親騰出點時間教他們讀寫繪畫，然後就放任他們自由閱讀他的藏書、自由成長。因此他們在簡單食物、溫暖天氣、無盡假期和東一點西一點學習的滋養下茁壯，無所畏懼，因為沒有需要畏懼的東西，永遠說實話，因為沒有必要說謊。從沒有人對他們憤怒打罵，所以他們不知憤怒為何物；在書上讀到這個詞時，他們猜想它一定是指連下兩天雨時他們那種有點焦躁的感覺，不過這裡也很少連下兩天雨就是了。他們差不多已完全忘記原出生地那個無趣城鎮，這綠色世界接納他們為自己的孩子，他們也不辜負大自然這位養母，長得結實敏捷又柔軟靈活，同村民一樣給太陽曬成棕色，也同村民一樣講著那種流水般的方言。他們相像得簡直可以拿對方當鏡子，幾乎像同一人的不同面，姿態、語氣、用詞都一模一樣。若是他們懂得驕傲，他們一定會覺得驕傲，因為兩人的親密關係是如此完美，很有可能產生源自孤獨的驕傲。讀愈多父親的書，兩人的伴侶情誼也愈深，因為除了彼此，他們沒有別人可以討論那些共同發現的事物。從早到晚兩人形影不離，夜裡也睡在同一張簡單窄床，床下是泥土夯實的地板，狹窄窗外是一框友善夜色，柔和的南方之月高掛天際。但他們也常直接睡在月光下，因為他們出入完全自由，大部分時間都在戶外探索森林，漸漸甚至比父親還深入其中、看到更多東西。

最後，他們的探險終於來到森林深處未曾有人涉足的處女地。兩人攜手同行，走在松樹的樑柱拱頂下，四下闃靜，彷彿一座有知覺的大教堂。樹梢枝條密密糾結，將光線過濾成一層青碧朦亮，濃烈的沈默彷彿長有毛皮，貼在兩個孩子耳邊。與這地方不夠親近的人可能會覺得不安，宛若被拋棄在靜謐無聲、對人類毫不顧念的巨大形體之間。但這兩個孩子儘管有時找不到路，卻始終不曾迷途，因為白天有太陽、別無蹤跡的夜晚有星星可當羅盤，他們在這迷宮中也能分辨不夠信任森林的人所認不出的線索，他們太熟悉這森林了，渾然不知它可能造成什麼傷害。

從很久以前開始，他們便在家中自己房間著手製作森林的地圖，但與正牌製圖者繪製的地圖完全不同。他們用山丘上見到的鳥的羽毛一蓬蓬標示山丘，空地是一層壓花，特別壯麗的大樹就以筆觸細緻、顏色鮮豔的水彩畫出，樹枝上還插著用真樹葉編的花環，於是地圖成為一幅用森林本身材料織成的刺繡。起初，地圖中央他們畫上自己家的稻草頂小屋，瑪德琳還在花園裡畫上不修邊幅的父親，他獅鬃般的鬚髮如今已白得像蒲公英絨毬，正拿著綠色澆水罐給盆栽植物澆水，寧靜，受孩子所愛，對一切渾然不覺。但他們逐漸長大，對自己的作品也開始不滿意，因為他們發現自己的家並非位於森林中心，只是在其綠色邊郊的某個角落。於是他們一心想更加深入林中鮮有人跡之處，出外探險的時間也拉長到超過一星期。父親看到他們回家總是很高興，但也常常忘記他們出了門。到最後，他們滿腦袋想的都是找出無人曾至的山谷中心、找到森林的肚臍，幾乎變成一種執迷，此外再無其他事物能滿足他們。探險的事他們只跟彼此談，從不對其他友伴提，而隨著兩人日漸長大，彼此間的親密關係變得愈來愈絕對，也就愈來愈不需要其他友伴；近來因為一些他們無法理解的緣由，這份親密多了某種微妙緊繃，讓他們神經緊張，卻也讓兩人都增添一種令人著迷的光輝。

而且，每當他們跟其他朋友提起森林之心，林地孩子的眼中總會籠罩一層黑暗，對方會半笑半低語地暗示林中那棵邪惡樹木，彷彿它象徵某種他們寧可忽視的不熟悉事物——儘管他們並不相信那樹真正存在——就像是說：「何必去吵醒睡著的狗呢，我們現在這樣不是很快樂嗎？」看到朋友笑著不感興趣、毫不好奇又摻雜些許恐懼的態度，艾米爾和瑪德琳忍不住有點看不起他們，因為那些人的世界儘管美麗，但在他倆眼裡總覺得不夠完整——似乎缺少某種他們可能(可不是嗎？)在森林中獨自發掘的神秘知識。

在父親的書裡，他們讀到印度馬來群島的箭毒木，又稱見血封喉，學名antiaris toxicaria，其乳狀汁液含有劇毒，就像經過萃煉的顛茄精華。但理性思考告訴他們，就算再大膽的候鳥也不可能用爪子將那樹黏答答的種子一路帶來，拋在這片遠離爪哇的內陸山谷。他們不相信這半球會有那種邪惡的樹，但仍感覺好奇，不過並不害怕。

這年兩人十三歲。八月的一個早晨，他們將背包裝滿麵包乳酪，一大早便出發上路，此時其他人仍在家中安睡，連牽牛花都還沒開。這聚落依舊是他們父親初次見到的模樣，存在於原罪之前的村莊，沒有任何墮落的可能；這兩個生長於此寧靜所在的孩子，回顧的眼神裡不包含任何對失落天真的懷舊，想到這地方也只有那模糊、溫暖、封閉的概念，「家」。中午他們來到無人地帶邊緣的一戶人家，與那家人共進午餐之後道別，心裡知道——帶著某種享受期待的心情——接下來很長一段時間，他倆除了彼此將見不到任何人。

起初，他們沿著大河逕直走進壁壘般的松林，樹木濃密得連鳥都沒有飛翔或鳴唱的空間。響亮的寧靜中，日與夜很快就交融難分，但他們仍仔細紀錄著時間，因為他們知道，沿河慢慢走五天，松林就逐漸稀疏了。

遍佈河岸的野薔薇在這個季節開滿扁圓粉紅小花，兩岸愈來愈窄，水流快速翻騰如教堂的排鐘鳴響。灰松鼠在樹木低枝上跳躍，這裡的樹脫離了森林裡空間狹小的限制，得以舒展，長成女性化的窈窕優雅。兩個赤腳的孩子經過時，兔子抽動著天鵝絨般的濕潤鼻頭，耳朵也後縮貼在背上，但並沒有逃走。艾米爾把一隻若有所思蹲在驢蹄草叢間的明智蟾蜍指給瑪德琳看，說牠頭裡一定有顆寶石，眼睛才會發出那麼明亮的光芒，彷彿腦袋裡燃燒著冷火。這種現象他們曾在舊書裡讀過，但先前從沒見過。

這裡的東西他們全都沒見過，美得讓他們有些不知所措。

瑪德琳伸出手，想摘水面上一朵半開的睡蓮，但驚叫一聲退開，低頭看著手指，表情痛苦、生氣又吃驚。她鮮紅的血滴在草上。

「艾米爾！」她說。「它咬我！」

以前他們在森林中從不曾遭逢半點敵意，這時兩人望向對方，半是驚異半是猜測，聽著鳥鳴的敘唱調為河水伴奏。「這地方很奇怪。」艾米爾遲疑說道。「也許在森林的這一帶不該摘花。也許我們發現了一種肉食性的睡蓮。」

他洗淨那小小傷口，用自己的手帕包紮起來，親親她臉頰安慰她，但她不肯接受安慰，不高興地朝那朵花丟了塊小石頭。小石頭打中睡蓮，閉合的花瓣啪一聲綻開，兩人訝然瞥見裡面有一排白色利齒；然後色白如蠟的花瓣很快再度合起，完全隱藏利齒，睡蓮又恢復潔白無辜的模樣。

「妳看！真的是肉食性的睡蓮耶！」艾米爾說。「等我們告訴爸爸，他一定會很興奮。」

但瑪德琳眼睛仍盯著那朵掠食者，彷彿著了迷。她慢慢搖頭，神態變得很嚴肅。

「不行。」她說。「在森林之心找到的東西是不能說的。這些都是秘密。否則我們一定早就會聽別人說起。」

她的字句帶有奇異的重量，就像她本身的重力那麼沈，彷彿那張傷了她的、表裡不一的嘴對她傳達了某個神秘訊息。艾米爾聽她這麼說，立即聯想到傳說中的那棵樹，然後他發現這是有生以來自己第一次不明白她的意思，因為那棵樹他們當然早就聽說過了啊。他以一種新的不解眼光注視她，感覺到女性特質與自己的終極不同之處，這是他以往從來不需要也不想要認知的；而這份不同或許使她得以開啟某種他還不能觸及的知識，使她突然顯得比他年長許多。她抬起眼睛，肅穆地看了他長長一眼，將他也鍔在秘密的共謀中，從此之後他們只能與彼此分享周遭這些充滿背叛的驚奇。最後他點點頭。

「好吧。」他說。「我們不告訴爸爸就是了。」

儘管知道父親聽他們說話都是心不在焉，但他們以往從不曾刻意對父親隱瞞任何事。

夜色漸至，他們又走了一小段路，直到在一棵開花的樹下找到現成的苔蘚枕頭。他們喝些清水，吃光帶來的最後一點食物，相擁而眠，彷彿天生就是這地方的孩子。然而他們睡得不如平常好，兩人都做了陌生的惡夢，夢裡有刀、有蛇、有化膿的玫瑰。但儘管兩人都欠動身體、喃喃說著夢話，那些夢境卻又奇怪地並不重要，只是一串稍縱即逝、零星惡意的畫面，兩個孩子在睡眠中便忘掉了，醒來時只感到惡夢後僅餘的煩躁、被遺忘夢境的殘渣，只知道自己沒睡好。

早上睡醒，他們脫光衣服在河裡洗澡。艾米爾看出時間正悄悄改變兩人身體的輪廓，發現自己已無法像從小以來繼續對妹妹的赤裸視若無睹，而她如往常朝他潑水嬉鬧之後，也突然轉開眼神，感到同樣不尋常的困惑。於是他們變得沈默，匆匆穿好衣服。然而這種困惑是愉悅的，讓他們感覺有些酥麻。他檢視她的手指，睡蓮的咬痕已經消失，傷口完全癒合了，但想到那朵長牙的花，仍讓他有種不熟悉的懼怕，為之一陣寒噤。

「食物都吃光了。」他說。「我們中午就回去吧。」

「哦，不要啦！」瑪德琳的語氣帶有一種神秘的刻意，如果他懂的話，便會明白那只可能出自一種新的念頭：想要他不顧自己想法，只照她說的做。「不要啦！我們一定找得到吃的東西，畢竟這季節野草莓正多著。」

他也熟悉森林萬物，知道林中一年到頭都找得著食物——漿果、草根、菜葉、蘑菇等等，因此他明白她知道他只是拿食物當作薄弱藉口，掩飾自己與她獨處在離家這麼遠的地方心中愈來愈不平靜的感覺。現在藉口用完了，便只能繼續走下去。她的步伐帶著某種不確定的勝利感，彷彿意識到自己剛贏了第一次，儘管這項勝利本身微不足道，卻可能是未來重大戰役的預兆——雖然他們連架要怎麼吵都不知道。還不知道。

如今，這種意識到對方形體輪廓的感覺，已讓他們不再那麼像雙胞胎、那麼難以分辨。於是他們再度開始淵博的植物研究，假裝一切依然如常，一如森林尚未露出利齒之前；蜿蜒的河流帶他們去到一處處神奇所在，多得是東西可談。陰影消退的正午時分，他們來到一片彷彿經過煉金術改造、植物大變遷的景致，每一樣事物都奇妙不已。

蕨葉在他們眼前舒展，分岔葉緣本應排滿孢子的地方卻是無數寶石般閃爍的小眼睛。一條藤蔓長滿濃豔紫花，在他們經過時以渾厚女低音唱出佛朗明哥樂曲般冶豔狂野的歌聲——而後安靜無聲。有些樹上長的不是葉子，而是帶有斑點的棕色羽毛。等他們實在很餓了，又找到連瑪德琳都不曾料到的美味食物：水邊一叢長著鱒魚般鱗片的矮樹結著貝殼形狀的水果，撬開來吃，味道竟像生蠔。吃完這頓魚鮮午餐，他們又走了一小段路，發現一棵樹幹上長有白色隆起，尖端是紅點，看起來實在很像乳房，他們便朝乳頭湊過嘴去，吸飲甜美爽口的乳汁。

「怎麼樣？」瑪德琳說，這次聲調帶有明顯的勝利意味。「我跟你說過吧，一定找得到東西填飽肚子的！」

當傍晚暗影像一層厚厚金沙落在魔幻森林上，兩人開始覺得累的時候，來到了一處小小山谷，谷裡有個水潭，看來似乎沒有水流進或流出，所以源頭一定來自看不見的湧泉。山谷充滿類似檸檬的宜人清香，如天降香水般清冽醒神，他們立刻就看見了香氣的來源。

「哎呀！」艾米爾叫道，「這絕對不是那鼎鼎大名的烏帕斯樹！一定是某種香料樹，就像印度北部那些，畢竟那裡的氣候跟這兒很類似，至少書上是這麼說的。」

這棵樹比一般蘋果樹稍大，但形狀優雅得多。湧泉般的枝枒像節慶的鮮豔彩帶，長長綴滿芬芳的星形綠花整樹灑洩而下，花心是雄蕊頂端的紅色花粉囊，襯著一叢叢深綠光滑的葉，樹葉有的被夕陽照成火紅，有的被暮色染成黑玻璃。葉片下藏著一簇簇果實，神秘的金色圓球帶有綠紋，彷彿全世界還沒成熟的太陽都在這樹上沈睡，等待宇宙間一個複數黎明喚醒它們的燦爛。他們牽手站在那裡凝視這棵美麗的樹，一陣微風吹開枝葉，讓他們更清楚看見果實：每一顆果實微微發紅的雙頰上，都有一個奇特的痕跡——一圈斷續印痕，就像被飢餓的人咬了一口。這情景也彷彿刺激了瑪德琳的食慾，她笑道：「你看，艾米爾，森林連甜點都幫我們準備了！」

她輕快奔向那棵絕美馥郁的樹，那一刻樹籠罩在宛如幻覺、液態琥珀般的漸暗餘暉中，看在艾米爾眼裡正與妹妹驚人的美相互輝映，那份以前從未得見的美如今使他心中充滿狂喜。深暗潭水映現她深暗身影，宛如一面古鏡。她伸手撥開樹葉，想找一顆熟透的果實，但泛綠果皮似乎一經她手指接觸便變暖、變亮，於是第一顆被她碰到的果實不待採摘便自動掉落，彷彿是她的碰觸使它成熟完美。果實看來類似蘋果或梨，豐沛汁液直沿著她下巴流，她伸出嶄新的、感官的鮮紅長舌，舔舔嘴唇。

「好好吃哦！」她說。「來！你吃！」

她走回他身邊，踩在潭緣水裡濺起水花，果實放在掌心向他伸來，宛如一座甫化為真人的美麗雕像。她的大眼像夜生花朵發亮，只等這個特別的夜晚綻放，在那雙令人暈眩的深邃中，她哥哥看見了完整傳達的，至今不曾猜想、知曉、傳達的，愛的景象。

他接過蘋果，咬下；而後，兩人相吻。

肉體與鏡

時值午夜——我對時間的選擇和場景的設定都精確一如天生貴族。我不是長途跋涉了八千哩，只為找到一種含有足夠痛苦和歇斯底里的氣候，好讓自己滿意嗎？那天晚上，我從英國回到橫濱，沒人來接我，儘管我以為他會來。於是我搭火車前往東京，車程半小時。一開始我很生氣，但這處境的不堪意味壓倒了憤怒，於是我傷心起來。回到愛人身邊，卻發現他不在！以前，只要一想到有這種可能，我的心就像帕夫洛夫的狗那樣亂跳，想到可能發生不愉快之事我簡直垂涎三尺，因為我確信那才是真正的人生。人家說，我單獨一人時看來總是很孤單；這是因為，當我還是個討人厭的青少年時，學會了豎起外套領子，狀似孤單地坐在一旁，好吸引別人來跟我說話。即使到現在我還改不掉這習慣，儘管現在這只是個習慣，而且，我也明白，這是個掠食者的習慣。

時值午夜，我痛哭著走過裝飾假櫻花的路燈下。從四月到九月，路燈都裝飾著假櫻花，好讓紅燈區時時刻刻看來都有種喜慶味道，不管心煩意亂的漣漪如何攪擾那永不停歇、來往不斷、安靜溫和的憂鬱人群，他們撐著假屋頂般的傘，穿梭在潮濕的巷道網絡裡。一切看來寂寥一如狂歡節。我在無數陌生臉孔中尋找心愛之人的那一張，夏日溫熱的密密大雨將黑暗路面變得濕滑，閃著水光，像剛從海底冒出的海豹的滑順毛皮。

人群在我四周湧動如同長滿眼睛的潮水，我感覺自己正走過一片大海，海裡無言的居民比著手勢，就像中古世紀哲學家想像深海國度的居民那樣，是陸地居民的對比或者鏡像。我一身黑洋裝穿過這些印象派場景，彷彿是我創造這一切，也創造我自己，我的女主角，以第三人稱單數穿著黑洋裝，愛著某人，哭泣著走過城市，彷彿世界全由我的眼延伸而出，就像以敏感輪軸為中心散放的輪輻，彷彿是我的注視使一切獲得生命。

我想，現在我知道當時我想做什麼了。我是想把那城市變成自身成長疼痛的投影，以便制伏那城市。多麼自我中心，多麼傲慢！這城市，全世界最大的城市，設計得毫不符合我這歐洲人的任何期望，呈現在外國人面前的生活模式看似謎般透明，一如夢境那種不可解的清澈。而這是那外國人自己永遠做不出來的夢。那陌生人，那外國人，以為自己握有掌控權，但其實他陷在別人的夢裡。

在東京，你永遠料想不到會發生什麼事。什麼事都可能發生。

這城市吸引我，起初是因為我猜想它含有大量作戲的資源。我總是在內心的戲服箱裡翻找，想找出最適合這城市的打扮。那是我保護自己的方法，因為那時，如果我讓自己太靠近現實，總是會非常痛苦，因為定義分明的日常世界有著堅硬邊緣和刺眼燈光，無法共振回應我對人之存在所做的要求。彷彿我從未把體驗當作體驗去體驗。生活永遠達不到我對生活的期望——包法利夫人症候群。那時我總是在想像其他可能發生、取代現況的事，因此我總是覺得被騙，總是不滿。

總是不滿，儘管我像個完美的女主角，哭泣著在芬芳的巷道迷宮裡漫步穿梭，無望地尋覓失去的愛人。而且我不是在亞洲嗎？亞洲！但，儘管我就住在那裡，感覺上它總是離我好遠，彷彿我和世界之間隔著玻璃。但是在玻璃的另一邊，我可以清清楚楚看見自己，我就在那兒，走來走去，吃飯，交談，戀愛，漠然，等等。但我時時刻刻都拉動著線，控制我自己這具木偶，是這具木偶在玻璃的另一邊四處移動。即使最精彩的冒險，我也以無聊的眼神視之，就像抽雪茄的經紀人看著又一場試演會。我撣撣菸灰，問事件：「除此之外你還會做什麼？」

因此我試著依照自己想像中的藍圖重建這座城市，做為我木偶戲的舞台布景，但這城市堅決拒絕重建，我只是自己想像它被如此重建而已。回到這城市的那一夜，無論我怎麼努力尋找心愛的人，她都找不到他，而城市將她交給一個完全陌生的人，陌生人走到身旁與她並肩而行，問她為什麼哭。她隨他去到一間立意清楚的旅社，天花板上有鏡子，不法意味簡直實質可觸的床掛著淫蕩的黑色蕾絲簾。他的眼睛形狀像亮片。一整夜，一彎細細蒼白的鐮刀月下，一顆孤星浮在雨裡，雨淅瀝瀝打在窗上，蟬聲如時鐘徹夜不休。掛在簷下的風鈴不時玎玲作響，聲音細緻哀愁。

夏雨中甜美憂傷月夜的抒情情慾，這一切都出乎我意料，我本來多少預期他會勒死我。我的感受在反應的重擔下凋謝，在感官的襲擊下錯亂。我的想像被預先遏止了。

房間像油紙糊的盒子，充滿雨聲回音。熄燈後，我們一同躺下，我仍能在上方鏡裡看見兩人擁抱為一的形狀，是這城市的謎般萬花筒意外湊出的奇妙圖案。透過蕾絲簾的迴紋陰影，我們皮膚上多了動物毛皮般的條紋，彷彿這是旅社發給的制服，好讓來此做愛的人隱姓埋名。鏡子消滅了時、地、人，當初在這房屋的獻堂禮[1]上，鏡子已被賦予職責，專司映照偶遇邂逅的擁抱，因此它以堪任典範的態度對待肉體，慈善而中立。

鏡子過濾了所有陌生邂逅的本質，兩人對彼此的概念只存在於偶遇的擁抱，只存在於意料之外。在做愛那段似長若短的時間裡，我們不是自己——不管那自己又是誰——而是，在某種意義上，自己的鬼魂。但我們當下所不是的那個自

1.〔指教堂的祝聖儀式。〕

己，我們慣常概念中的那個自己，其實質反而比當下我們所是的映影更虛幻得多。魔鏡讓我看見在此之前不曾思索過的、關於我自己之為我的一種意念。無意間，我被鏡中映照的動作所定義。我圍困了我。我是鏡中所寫的句子的主詞，而不是在觀看鏡子。鏡面之外毫無他物。沒有任何事物阻擋在我和這項事實、這個動作之間，我被拋入關於真實生存情況的知識中。

鏡子是曖昧的東西。鏡子的官僚體系發給我一份通行世界的護照，顯示我的面貌。但對一個坐在安樂椅上神遊的人，護照又有何用？女人與鏡子私下串通，閃避我／她所進行而她／我無法觀看的行動，我藉之衝出鏡子、藉之鞏固面貌的行動。但這面鏡子拒絕與我共謀，彷彿它是我有生以來見到的第一面鏡。它毫不掩飾，映照出下方的擁抱，它顯示的一切都無可避免，但是是我自己做夢也想不到的。

我看見肉體和鏡子，但無法承認這個影像。我當下的立即反應是，感覺自己做出了不符合角色性格的行為。我為了配合這城市而假意穿上的花俏服飾背叛了我，讓我來到一個房間、一張床和一個對自己的修正定義，這些全都不該出現在我的人生，至少不該出現在我看著自己演出的這個人生。

因此我躲避那鏡，爬出它的臂彎，坐在床緣，用先前的菸蒂點起另一根菸。雨滴落下。我這心慌意亂模樣的表演完美精確，就像電影裡那樣。我表示喝采，滿意於鏡子不曾誘我做出會讓自己覺得不適恰的舉動——也就是說，聳聳肩埋頭睡去，彷彿我的不貞一點也不重要。此刻我被一種不祥的預感震動，怕這個亮片眼睛、對我仁慈的他只是另一個人，我愛的那個人，的反諷替身，彷彿街頭武斷隨意的嘉年華會無緣無故送來這個年輕男子，看我能不能做出不符合角色性格的行為，然後把我們的交會投射在鏡子上，作為研究事物本質的客觀教材。

因此，一待戶外天色微明，我就快快穿好衣服跑走；在黎明那沒有顏色的神秘天光中，深眼睛的烏鴉從廟宇的灌木叢飛出，停棲在電線桿上呱叫著悽愴的黎明合唱曲，迴盪在尋歡作樂人群皆已消失的大街。雨已經停了，這是個炎熱無比的陰天早晨，我稍稍一動就滿身大汗。這城市夜間那令人迷惑的電子圖文全已關掉，放眼望去盡是一片蒼白粗礪的灰，空氣中滿是塵埃。我從未見過如此陳腐的早晨。

前一夜之前的那個早晨，這個給人壓迫感的早晨之前的那個早晨，我在船艙裡醒來。那一整天，船在晴亮天氣中沿海岸前進，我夢想著即將到來的團圓，經過我必須回家奔喪而不在的這三個月之後，情人會面將更加甜蜜。我一定會盡快回來——我會寫信給你。你會來碼頭接我嗎？當然，他當然會來。但是碼頭上沒有他，他在哪裡？

於是我立刻前往市區，在紅燈區展開哀怨的行程，到所有他會去的酒吧找他。到處都找不著。我當然不知道他的住址，他四處租房不停搬家，充滿毫無目標的敏捷，我們通信的地址包括住所、咖啡館、存局待領郵件等等。此外，我們之間寄丟的信件之多簡直像十九世紀小說的情節，令人難以置信，起因只可能出於想製造愈多混亂愈好的迫切情緒需求。當然，我們兩人都以自己的熱情敏感為傲。我們起碼有這麼一個共通點！因此，在我哭著走遍大街小巷時，儘管認為沒人能想像比此時此刻的我更浪漫的情景，事實上卻冒著危險——我跌進了現實人生在浪漫情景中留下的洞，這些奇特的洞是通往某些遭逢的入口，你會因此付出自己生活方式的代價。

隨機偶遇的運作與存在狀態的這些脫漏空隙有關，碰上它的時機是：由於飢餓、絕望、失眠、幻覺、或者對火車和飛機時刻表意外而蓄意的誤讀所造成的空洞時間邊緣，你暫時迷失了。於是你任由事件擺佈。所以我喜歡當外國人，我旅行只為了那種不安全感。但當時我並不知道這一點。

那天早上我不久便找到了我那自我加諸的命運，也就是我的情人，但我們立刻爭吵起來。我們孜孜不倦吵去整日光陰，當我試著拉好自我木偶的線以控制情勢時，卻吃驚地發現自己想要的情勢竟然是災禍，是船難。我看著他，彷彿那張臉已成廢墟，儘管那是全世界我最熟悉的景物，而且打從第一眼看到他起，便從不覺得那張臉陌生。在這之前，我一直覺得那張臉跟我概念中自己的臉有所類似，似乎是一張熟識已久、記憶清晰的臉，在我的意識裡始終是個近在眼前的概念，現在它卻首度找到了自己的視覺呈現。

因此，現在我想我並不知道他確切的模樣，事實上，我想我永遠也不會知道了，因為他當初顯然只是幻想模式下創造出的客體對象。他的意象早就存在我腦中某處，當時我只是到處尋找現實中的對應，細看每一張見到的臉，看它是不是我要找的那張——也就是說，一張呼應我對自己應該愛的那個未曾謀面之人的概念的臉，一張我在想要愛人的強烈欲望之中單性生殖出來的臉。因此他的自我——我所謂他的自我指的是他對他自己而言的意義——我其實並不了解。我完全以自己為出發點創造他，就像浪漫主義的藝術作品，是呼應我自己內在幽魂的一個客體對象。我剛愛上他時真恨不得把他拆開來，就像一個孩子拆開發條玩具，以便了解內在那不可思議的機械原理。我想看見比脫下衣服更赤裸的他。把他剝光並不困難，於是我拿起手術刀開始動手，但由於解剖過程完全操控在我一人手上，因此在他內裡我只找到自己基於過往經驗本來便能辨識的東西，就算找到任何不曾見過的新事物，我也堅定地置之不理。我是如此全神貫注於這番解剖，根本沒想過他會不會痛。

為了以這種方式創造出愛的對象，並發給它「確實被愛」的證書，我也必須努力營造自己在戀愛的概念。我仔細觀察自己，尋找戀愛的各種跡象，果不其然，那些跡象一應俱全！渴求，欲望，自我犧牲，等等等。愛的症狀我一個也不少。然而，儘管有這些賦格曲般的情緒，當路邊與我搭訕的年輕男子在那色情電影般的房間插入我身體時，我感到的只有歡愉。內疚是後來才出現的，當我發現自己在性愛當時完全不覺得內疚。究竟是感覺內疚還是不感覺內疚才符合我的角色性格？我迷糊了，已經搞不清楚自己這場表演的邏輯。有人背著我把我的劇本全盤攪亂，攝影師喝醉了，導演精神崩潰被送去療養院，而與我一同演出的明星已自行爬下手術台，按照他自己的設計痛苦地重新縫好了自己！這一切全在我注視鏡子的時候發生。

你想想，這讓我受到多大的侮辱。

我們爭吵直到入夜，然後，一邊繼續爭吵一邊找了另一家旅社，但這家旅社和這個夜晚在每一方面都是前一夜的戲仿。（這才像話！髒亂和羞辱！啊！）這裡沒有蕾絲簾沒有風鈴沒有月光也沒有傷情誘人的雨的濕潤低語，這裡晦暗、刻薄、令人沮喪，放在地板上的床墊鋪的床單有泥點，不過起初我們沒注意，因為我們必須假裝仍如以前那樣一見面就滿心熱切激情，儘管現在已經沒了感覺，彷彿只要演得夠賣力就能變戲法般重新創造激情，雖然肌膚（它們比我們更了解我們自己）告訴我們兩情相悅的日子已經結束。這是間刻薄的房間，窗下是停車場，再過去是公路，因此房間紙壁被往來交通那地獄般的嘈雜震得陣陣顫動。房裡有台遲緩轉動的電風扇，扇葉卡著死蒼蠅，頭上只有一條霓虹燈管，那無情照亮我們和一切的燈光令人幾乎無法忍受。一個圍著骯髒圍裙的邋遢女人端來又淡又冷的棕色麥茶，隨即關上門。我不讓他親吻我兩腿之間，怕他會嘗出昨夜歷險的痕跡，這又是自欺的一點點偏執妄想。

我不知道選擇那家破爛旅社是否跟內疚有關，但當時我感覺那裡再適合不過。我記得，那裡的空氣比煮了一整天的茶更濃，天花板有蟑螂在爬。前半夜我一直在哭，哭到筋疲力竭，但他轉過身去睡了——他看穿了那個伎倆，雖然我沒有看穿，因為我不知道自己在說謊。但我睡不著，因為牆壁震動和交通噪音太吵。我們已經關掉那盞刺眼的燈，後來我看見一道光照在他臉上，心想：「現在還太早，不可能已經天亮了。」但只是另一個人悄悄拉開沒上鎖的門：在這家聲名狼藉的旅社，什麼事都可能發生。我放聲大叫，入侵者逃逸無蹤。情人被我的叫喊吵醒，以為我發瘋了，立刻緊緊勒住我，怕我殺死他。

當時我們倆年紀都夠大了，應該更清楚狀況才是。

我開燈想看現在幾點，卻驚訝地注意到他的五官愈來愈模糊，像可消去舊字另寫新字的羊皮紙上的底層字痕。不久後我們就分手了，沒幾天的時間。那種步調不可能撐太久的。

然後那城市消失了，幾乎立刻就失去那種令人駭異的魔力。一天早上我醒來，發現它已經變成我的家。儘管如今我仍豎起外套衣領一副孤單模樣，並且總是注視鏡中的自己，但這些都只是習慣，絲毫提供不了關於我角色性格的線索，不管那角色是什麼。

世上最困難的表演就是自然而然的演出，不是嗎？除此之外，一切都是刻意技巧。

主人

他發現自己的天賦志業是獵殺動物，從此便浪跡天涯，遠離溫帶，直到不知饜足的非洲烈日侵蝕他的眼瞳，曬白他的頭髮，黧黑他的皮膚，使他與原來模樣恰為相反負片：他變成白色獵人，在模仿死亡的放逐中流離，一種出於自我意志的剝奪失所。看見獵物臨終抽搐，他會隨之銷魂喘息。他殺，不是為了錢，而是為了愛。

他首度展現施暴傾向，是在英格蘭一所小小的公立學校。在校內騷臭刺鼻的廁所，他把新來男生的頭按進馬桶，沖水淹沒他們咕嚕咕嚕的抗議聲。青春期過後，他將無法定義但變本加厲的怒氣發洩在倫敦幾個大火車站(國王十字、維多利亞、尤斯頓……)附近廉價旅社的床上，用牙齒、指甲、有時加上皮帶，在年輕女人蒼白躲閃的身體留下一道道傷口。但陰涼多雨的家鄉只能提供這些色調淺淡的放縱，始終無法滿足他，直到去到炙熱地區，他的兇狠才得到野獸派色彩，磨練得更加精銳，最後與他所屠殺的那些動物的獸性幾乎難以分辨，只不過他幾乎已完全揚棄的人性中仍留有自我意識，自我的眼睛仍注視著他，讓他為自己的墮落鼓掌喝采。

他殲滅一群群在大草原上吃草的長頸鹿與瞪羚，直到他一接近牠們便在風中聞出趕盡殺絕的氣味；在泥漿中打滾、身上彷彿繪有紋章的河馬，也被他一一解決；但他那把來福槍最愛單挑的是絲般冷漠平滑的大貓，最後更特別專精於撲殺毛皮有花紋的那些，如花豹、猞猁。是不承認人心有任何神性的縅默諸神指尖沾著棕色墨汁，在那些動物的毛皮印下條紋斑點的語言，死亡的象形文字。

非洲遠比我們古老得多，但他對那片無邪質樸的大陸始終抱持優越感；等非洲大貓宰得差不多，他決定探索新世界的南部區域，打算獵殺身披斑點的美洲豹。於是他來到世界的潮濕偏遠裂縫，一處宛如孤寂隱喻的地方，時間在這裡週而復始，豐饒大河本身就是個蠻女：亞馬遜。在那巨大植物的靜謐國度，一層無可違逆的綠色沈默籠罩住他，驚慌之餘，他緊抓著酒瓶不放，彷彿那是乳頭。

他開吉普車穿過一片植被宛如建築的不變景致，沒有一絲風掀動棕櫚樹沈沈的複葉，彷彿那些全在天地初開之際以青翠重力雕刻而成，之後便棄置於此，枝幹重得簡直不像往天空伸展，而是將窒迫的天空往下拉，像森林上蓋著一只擦得光亮的金屬蓋。樹幹上長滿各種植物、蘭花、色彩流轉的有毒花朵，還有粗如手臂的藤蔓張著開花的嘴，伸出黏黏的舌誘捕蒼蠅。偶有未曾見過的鮮豔鳥類飛過，有時是吱吱喳喳如多嘴外人的猴子在枝頭跳躍，樹枝卻動也不動。但一切動作、聲響都打不破這地方深沈非人的內省幽靜，只能激起表面小小漣漪，因此獵殺成了他唯一能確認自己還活著的方式，因為他生性不喜內省，也從不覺得大自然能帶來什麼撫慰。屠殺是他唯一的習癖，也是他獨一無二的技術。

他遇上住在這陰鬱樹林的印第安人，其部族人種之繁多簡直像活生生的博物館，以倒退方式編年：他愈往內陸走，見到的部落就愈原始，彷彿表示進化可以逆轉。這些棕色印第安人有的完全露天席地，跟那種花一樣食蟲為生，用葉子和漿果的汁液塗畫身體，拿羽毛或鷹爪編成頭冠。這些天性溫和、渾身裝飾的男男女女圍在他吉普車旁細聲交談，照向自己內在、琥珀太陽般的眼瞳被些微好奇心點亮。他認不出他們是人，儘管他們也懂得用自製器具過濾發酵酒精，而他也喝了，以便在如此陌生奇異的環境讓自己腦中充滿熟悉的狂亂。

面對那些天真坦露尖翹裸胸、帶著朦朧微笑的棕色女孩，他的混血嚮導時常挑一個到空地邊的灌木叢裡，當下就把與自己為伍多年的淋病傳染給她。之後他會津津有味地邊回想邊舔嘴唇，對獵人說：「棕色的肉，棕色的肉。」一天晚上獵人喝醉了，又受到常在一日工作結束之際來襲的肉慾騷擾，便用吉普車備胎換來一個十幾歲少女，處女一如這片孕育她的處女林。

她胯間纏一塊紅棉布，宛如退化器官的痕跡，纖長結實的背部則像天鵝絨剪裁縫製，因為自月經來潮開始，她背上便刻上彎彎曲曲的部落圖紋——突起線條像未知地域的等高線地圖。這部落的女人把頭髮泡進泥漿，然後纏於木棍變成長捲形，在太陽下曬乾，於是每個人都一頭硬梆梆如素燒陶的髮鬈，看來就像主日學圖畫書裡那些有名罪人頭上的帶刺光圈。她的眼神溫柔絕望，是那種即將被拋棄之人的神情，而她的微笑則如貓般無可改變——這種動物受限於生理，不管想不想都帶著微笑。

部落的信仰教她視自己為有感覺的抽象物，是鬼魂與動物的中介，所以她看著買主形銷骨立、因熱病而顫抖的身體幾乎絲毫不感好奇，因為在她眼中，他並不比森林中其他消瘦的形體更令人驚訝。如果說她也沒把他看成人，那是因為她學到的玄妙宇宙觀並不認為她和野獸和靈魂之間有任何不同。她的部落從不殺生，只吃植物的根。他生火烤熟獵物的肉教她吃，起初她並不喜歡，但還是乖乖吃下，彷彿他命令她參與聖餐禮，因為當她看見他殺死美洲豹是多麼隨意又輕易，便明白他是死亡的化身。之後她看他的眼光逐漸轉為驚異，因為看出死亡已經自我榮耀，成為他人生的原則。但他看她，只看見自己沒花什麼錢買來的珍奇肉體。

他將自己的堅挺插進她的驚訝，等她傷口復原後，便在睡袋裡與她共眠，用她來背動物毛皮。他管她叫星期五，因為他是在星期五買下她；他教她說「主人」，讓她知道那就是他的名字。她眨著眼，儘管能運用唇舌照他的發音說，但並不知道那聲音是什麼意思。每一天，他屠殺美洲豹。嚮導被打發走，因為現在他買了這女孩，已不再需要嚮導；於是關係曖昧不明的兩人繼續前行，而女孩的父親用橡膠輪胎為家人做了涼鞋，穿著鞋朝二十世紀前進了一點點，但沒多遠。

她的部落流傳一個生動的民間傳說如下。美洲豹邀食蟻獸進行一場拿眼睛當球拋的雜耍比賽，於是雙方都挖出眼睛來玩。比完了，食蟻獸把眼睛拋向天空，掉下來不偏不倚落回眼眶；美洲豹有樣學樣，但眼睛卻掛在高高樹梢搆不著，牠成了瞎子。食蟻獸找金剛鸚鵡用水為美洲豹做一雙新眼睛，美洲豹從此便能在夜裡視物，有了個圓滿結局。這個不知道自己名字的女孩也能在夜裡視物。兩人朝森林深處更深處走，離小小聚落愈來愈遠，每一夜他在她的身體上強取豪奪，她則越過他肩膀，注視四周濃密草木耳語中的魂靈身形，那些魂靈——在她看來——似乎便是他當天殺死的獸。她是美洲豹氏族的孩子，於是，當他的皮帶抽在她肩上，用來做成她雙眼的魔幻之水便會可憐地漏流而出。

他無法與雨林達成和解，雨林壓迫他、毀壞他。瘧疾開始讓他全身發抖。他繼續獵殺，剝下毛皮，把屍體留給兀鷹和蒼蠅。

然後他們來到一處再也無路可通的地方。見到內陸森林全是野獸，他的心跳動著狂喜畏懼與渴望。他要殺光牠們，好讓自己不再如此孤獨。為了以他趕盡殺絕的存在穿透這片蠻荒，他把吉普車留在綠色小徑盡頭一個與世隔絕的小鎮，那兒一座教堂廢墟裡成天坐著一個威士忌老教士，用野蕉釀製烈酒，哀歌悼輓十字架的分部。主人把槍枝、睡袋、裝滿液態熱病的葫蘆都交給棕色女奴背，所到之處皆留下屍體，讓植物和兀鷹去吃。

夜裡，她生好火，他先用來福槍托痛打她肩膀，再用陰莖凌虐她，然後喝酒睡覺。她用手背抹去臉上的淚，又恢復了自己，而兩人相處幾星期後，她便懂得利用這獨處機會檢視他熱愛的那些槍枝，同時或許也偷學些主人的魔法。

她瞇起一眼往長長槍管裡瞄，撫摸金屬扳機，然後照先前看主人做過的那樣，小心把槍口轉向不朝自己的地方，輕輕扣下扳機，看這樣模仿他的手勢是否也能觸發那驚天動地的激奮。但什麼也沒發生，她很失望，不高興地用舌頭嘖牙。然而在進一步探索下，她發現了保險栓的秘密。

鬼魂飄出叢林坐在她腳邊，偏著頭看她，她友善地擺擺手向它們打招呼。火光逐漸微弱，但她的眼睛是水做的，透過來福槍的瞄準器仍看得清清楚楚。她照先前看主人做過的那樣舉槍上肩，瞄準頭上枝葉屋頂外穩掛天際的月亮，想射下它來，因為在她的世界裡月亮是隻鳥，而既然他已教會她吃肉，她想自己現在一定是死亡的學徒。

他在一陣恐懼痙攣中醒來，看見她在將熄火光的黯淡映照下，除了胯下圍布之外全身赤裸，手持來福槍；在他眼中，她那滿頭陶土彷彿就要變成一窩猛禽。看著睡鳥被自己用子彈從樹上打下的屍體，她開心地笑了，月光在她尖尖的牙齒上閃亮。她相信自己射下的這隻鳥就是月亮，如今夜空中只見月亮的鬼魂。儘管他們在這毫無人蹤路跡的森林早已完全迷失方向，她卻很清楚自己身在何處：與鬼魂為伴，她總是非常自在。

第二天，他開始教她射擊，看她從樹上打下森林各種鳥獸的代表。見牠們墜落她總是發出開心的笑聲，因為她從沒想到讓火堆旁新增幾個鬼魂是這麼容易的事。但她無法下手殺美洲豹，因為美洲豹是她氏族的象徵；她拚命搖頭，以有力的手勢拒絕這麼做。但她學會射擊後，不久便成為比他更優秀的獵人，儘管她的獵殺毫無章法；於是兩人在幽綠草木叢中一路砰砰開火，見什麼打什麼。

葫蘆中野蕉酒的量愈來愈少，標示時間的流逝，他們所經之處無不血肉橫飛。她大開殺戒的景象令他心動，他狂熱騎上她的身，粗暴撞開她的陰唇，裡層的鮮紅皮肉瘀血化膿，她喉間、肩頭的咬痕也滲出病態珍珠般的膿，吸引一大團棕色蒼蠅嗡嗡圍繞。她的尖叫是宇宙共通的語言，連猴子都了解主人享樂時她有多痛苦，只有他不了解。她愈來愈像他，也愈來愈憎恨他。

他睡著了，她在對她而言掩蔽不了任何事物的黑夜中伸縮手指，毫不意外地發現指甲變得愈來愈長、彎、硬而尖。如今他蹂躪她時她可以扯破他的背，在他皮膚留下一道道血痕；他既痛且爽地嘶叫，動作只變得更加野蠻。她的頭左轉右擺，滿頭陶土髮鬈形成繁複的痛苦圖形，爪子徒然抓著空氣。

他們來到一處泉水，她跳進去想清洗自己，但立刻又躍出，因為水接觸她毛皮的感覺實在很不愉快。她不耐煩地甩去頭上的水滴，陶土髮鬈全融化了，沿著她肩膀流下。她再也受不了烤熟的肉，一定要趁主人看不見時用爪子直接將生肉撕下骨頭。她再也無法捲著鮮紅舌頭發出他的名字，「主—人」，想說話時只有一股隆隆嗚聲震顫喉頭肌肉。她還在地上俐落挖洞埋掉自己的排泄物，因為長出鬍鬚之後她變得非常愛乾淨。

他被瘋狂和熱病佔據，殺死美洲豹後連皮也不剝，就這麼把牠們丟在森林裡。佔有長了爪子的她，本身就是一種屠殺。他跟在她身後走，恍惚的眼裡滿是酒精，看著陽光不時穿過枝葉，在她背上突起的部落花紋上灑下斑點，直到那些染色部分看來就像微妙模仿那種模仿穿透枝葉的陽光的獸，若不是她直立以雙足行走，他一定會射殺她。就這樣，他把她推倒在草木裡、蘭花叢間，用他另一種武器插進她柔軟潮濕的洞，牙齒咬著她喉嚨任她哭泣，直到有一天，她發現自己再也不會哭了。

酒喝光那天，他獨自一人發著高燒。他頭暈目眩，尖叫顫抖，空地只剩被她拋下的睡袋；她伏在藤本植物間，呢喃如同輕柔雷聲。儘管此時是大白天，無數美洲豹的鬼魂仍聚過來看她要做什麼，無形鼻孔因血的預感而抽動。她曾架著來福槍的肩膀如今有毛皮的質地。

獵物射殺了獵人，但現在她已拿不住槍，琥珀棕的身側灑著斑點，走動起來如水面泛著微波。她小步跑向屍體，啃扯屍體上的衣服，不過不久她便覺得無聊了，一躍離去。

然後只剩爬在他屍體上的蒼蠅還活著，他在離家很遠的地方。

倒影

暮春的一天，我走在樹林裡。天上飄著雲，陽光沾染了陣雨，偶有陰暗的天空是澄澈的藍——清涼、明亮、微顫的天氣。樹枝裹滿泛綠的五月花朵，一隻黑鶇棲息其上鳴唱花腔，流洩一串偶有瑕疵的聽覺珍珠。充滿春季魔法的樹林只有我一人，我用手杖揮打長草，不時驚起什麼森林小動物，野鼠或兔子之類，迅速竄離。草叢裡開放著小小雛菊和一枝枝紡錘形的毛茛，閃閃發亮的莖條接近根部處仍然潮濕，因為昨夜下過雨，洗得整片樹林為之清新，多了一層淒切的透明，是多雨地區獨有的哀愁特質，彷彿一切都是透過淚眼看見。

空氣清洌，帶著濕草和新土的香味，此時正值神秘春分的時節變換交替之際，但我一無所知，感覺不到窸窣樹林中那迫在眉睫的沈默魔力。

然後我聽見有位少女唱歌，那聲音的拋物線比黑鶇鳴聲華麗得多，鳥一聽就住了嘴，因為牠無法與如此醇厚、猩紅、宛轉的聲音匹敵，歌聲穿透聽者的所有感官，如夢中之箭。她唱著，每字每句震盪我心，似乎充滿一種與我所理解的詞義無關的意義。

「在葉子下，」她唱道：「生命之葉——」然後歌聲戛然中止，只留下目眩神迷的我。我一時分了神，不小心絆到藏於草叢的某樣東西，摔倒在地。儘管地上是柔軟濕草，我卻重重摔得喘不過氣來，忘了那誘人的音樂，只顧咒罵絆倒我的東西。我在沾泥的植物蒼白細根間尋找，摸到的竟是一只螺貝。離海這麼遠的地方居然有貝殼！我想握住它撿起來看個仔細，卻出乎意料的困難，我的決心隨之更加堅定，儘管同時也感到一股畏懼冷顫，因為那貝殼實在太重太重，外殼輪廓又那麼透冰沁寒，宛如發出一道冷電，震遍我手臂，傳進心窩。我感到極為不安，卻又深受這神秘螺貝的吸引。

我心想這螺貝一定來自熱帶海洋，因為它比我在大西洋岸邊見過的任何貝類都大，旋紋也更繁複，形狀不知哪裡有些奇怪，我一時說不上來。它在草叢中微微發亮，像一枚受困的月光，卻又那麼無比冰冷、無比沈重，彷彿包含重力本身過濾提煉的沈重。我變得非常害怕那只螺貝，我想我哭了起來，但仍決心要把它扳出地面，於是繃緊肌肉，咬緊牙關，拚命又拉又推。最後它終於鬆脫，我也應聲朝後跌了個跟頭，但這下可以把這寶貝拿在手裡，一時間我感到滿意。

我細看螺貝，看出了第一眼感覺到卻又說不上來的差異何在：旋紋是反的。螺旋朝反方向轉，看來就像螺貝的鏡中倒影，因此也不該存在鏡子之外。在這個世界，它不可能存在鏡子之外。但它就在我手裡。

螺貝大小恰如我合捧的雙手，冰冷沈重一如死亡。

儘管它重得不可思議，我仍決定把它帶出森林，拿到鄰近城鎮的小博物館，讓他們檢查化驗一番，告訴我它究竟是什麼，又是怎麼來到我發現它的地方。於是我抱著它蹣跚前進，但它重得直往下墜，好幾次我差點跪倒在地，彷彿這螺貝決心把我扯倒，不是倒在地上，而是拉進地底。這時更令人困惑的是，我又聽見那充滿魔力的歌聲。

「在葉子下——」

但這次歌聲中斷，變成驚喘，立刻轉為命令語句。

「去找！」她促道。「去找他！」

我才朝那聲音的方向瞥一眼，什麼都還來不及做，一顆子彈便從我頭上呼嘯而過，射進一棵榆樹，樹梢鳥巢裡的烏鴉一湧而起，有如颶風盤旋。一頭黑色巨犬突然從草木叢中向我奔來，我才剛看見那張血盆大口和伸出的舌頭，就被牠撲倒在地。我嚇得幾乎失去知覺，狗在我身上流口水，接下來只知有隻手抓住我肩膀，粗魯地將趴著的我翻過身來。

她把狗叫回身旁，狗蹲坐喘氣，用靈敏的紅眼注視我。那狗黑得像煤，是某種獵犬，睪丸足有葡萄柚大小。狗和女孩都以毫無慈憫之心的眼神看我。她穿藍色牛仔褲、靴子、看來不懷好意的寬皮帶、綠毛衣，糾結棕髮長度及肩，那髮型的亂是刻意的，不是天生狂野。兩道深色劍眉，讓她堅毅的臉有種跟我手中螺貝一樣可怕的沈重。她的藍眼是愛爾蘭人形容為「用沾了煤煙的手指拿著安進眼眶」的那種，眼神對我毫無安慰或關切，正義女神若非目盲便會有這樣的眼睛。她肩掛一把獵槍，我立刻知道那顆子彈由此而來。她也許是守林人的女兒，但不，她那驕傲的神態不會是這種身份，她是兇惡嚴厲的森林守護者。

全身所有直覺都叫我藏起螺貝，我不明原因，但將它緊緊抱在懷裡，彷彿生死全繫於能否保住它，儘管它如此沈重，且開始狂烈搏動，彷彿貝殼擾亂了我的心跳，或者變成了我狂跳的心。俘獲我的無禮女孩用獵槍狠狠戳我的手，我瘀血的手指不禁鬆開，螺貝掉出來。她俯身，那頭死靈巫術般的頭髮拂過我的臉，令人吃驚地輕而易舉就拿起了螺貝。

她檢視了一下，沒對我說半個字或做任何表示，將螺貝拋給狗，狗啣在嘴裡準備幫她帶回。狗開始搖尾巴，尾巴掃在草上規律的唰唰聲如今是這片空地上唯一聲響，連樹木都停止呢喃，彷彿一股神聖的怖懼使它們噤聲。

她比個手勢要我站起，我照做，然後被槍抵住腰眼一路穿過樹林，她在我身後大步行走，狗則啣著螺貝小跑在她身側。這一切都在全然沈默中進行，只有狗喘氣的聲音響得吵人。菜粉蝶在靜定空氣中飛舞，彷彿一切都正常之至，看來可口的杏黃色與紫羅蘭色雲也依照天空的不同邏輯繼續相互追逐著掠過太陽——說不同邏輯是因為，吹動那些雲的強風遠在樹林上方的高空，我周遭一切卻靜止如困於水閘的水，嘲笑著全身發抖的我。

不久我們走上一條雜草小徑，來到一處園牆門口，門邊掛著老式鐘繩，連結上方一個滿是青苔鐵鏽的鐘。女孩拉繩敲鐘，然後才開門，彷彿警告屋內的人有不速之客到來。門內是一座失修的雅致花園，綻滿初夏的燦爛，有蜀葵，有桂竹香，有玫瑰；一座日晷長滿青苔，一座裸體青年小雕像高舉雙臂，滿身長春藤盔甲。但儘管花圃裡有蜜蜂嗡嗡飛舞，卻也像樹林那樣長滿長長雜草、毛茛和雛菊，凋謝的蒲公英抬著滿頭絨毛種子，仙翁花和羊角芹合力將多年生花草趕出圃外。每樣東西都披著一層明亮憂傷、彷彿落塵的荒蕪，那棟沈睡園中、幾乎完全被爬藤遮蔽的磚造老屋也是，長滿藤蔓、花朵的窗帶著神諭般的盲目神情，屋頂滿是苔蘚地衣，看似包裹著綠色毛皮。然而這凌亂美麗的地方毫無寧靜感，每一株植物都似乎奇妙地緊繃期待著什麼，彷彿這座花園是間等待室。飽經風霜的屋門前有幾級崩垮台階，門開了條縫，像女巫住的房子。

走到門前，我不由自主停下腳步，一股可怕的暈眩籠罩而來，彷彿我站在深淵邊緣。從撿起螺貝開始，我的心臟就跳得太猛太急，如今彷彿快要迸裂。昏暈和死亡的怖懼湧向我，但女孩殘忍地用獵槍戳戳我屁股，強迫我走進一處鄉間宅邸式的大廳，深色地板沾有污漬，一張波斯地毯，一座詹姆斯一世時代式五斗櫃上放了個古董缽，一切都很完整，但一切都彷彿多年，很多年，沒人碰過。一道陽光隨我們闖進屋，照見窒悶室內一團迷濛飛舞的塵埃。每個角落的線條都被蛛網柔化，勤奮蜘蛛在東倒西歪的家具間也織起纖細蕾絲的幾何圖形。屋內滿是潮濕腐朽的甜鬱氣味，又冷又暗。前門在我們身後合上，但沒關緊，我們走上蟲蛀的橡木台階，最前面是我，然後是她，然後是狗，爪子喀啦喀啦踏在光禿木板上。

起初我以為樓梯兩側也結了蛛網，但後來便發現沿樓梯內側向下延伸的花紋並非來自蜘蛛，儘管顏色相同，但這網有種明確的模式，更像是網狀細工編織，就是高級妓女用來做睡衣外衫的那種羽毛般飄飄輕紗。這段織物是一條沒完沒了的紗巾的一部分，就在我眼前以慢如植物的速度緩緩朝樓下大廳伸展，在樓梯間平台上堆了細薄輕盈的一碼又一碼。我聽見喀、喀、喀的單調聲響，是一對棒針在近處織打；一扇房門如同前門那樣開條小縫，紗巾就從門縫中一點一點擠出，像條纖弱的蛇。

女孩用槍托示意我閃一邊去，穩穩敲了敲門。

房裡有人乾咳幾聲，然後說：「請進。」

那聲音柔和，窸窣，不加強調，幾乎沒有頓挫，飄渺，帶著微微香氣，就像古老的蕾絲手帕，多年前與乾燥香花一起放進抽屜，從此被人遺忘。

女孩先推我進門，近距離之下，她皮膚的惡臭令我鼻孔顫動。房間很大，半是起居室半是臥室，因為裡面的住戶不良於行。她，他，它——不管那屋主是誰、是什麼——躺在一張老式藤編輪椅上，旁邊是一座有裂紋的大理石壁爐，浮突著垂墜裝飾和丘比特。白皙手指長得離譜，像教堂聖壇的蠟燭白而半透明，這纖纖十指就是那令人迷惑的紗巾的源頭，握著兩根骨質棒針動個不停。

輕飄織物佔滿地板上沒鋪地毯的部分，有些地方還堆得高及編織者不良於行的膝蓋，在房裡蔓延許多許多碼，甚至許多許多哩。我小心翼翼穿過、跨越，用腳尖將它輕輕挪開，走到女孩用槍示意我去的位置，面對藤編輪椅的懇求者的位置。藤椅上那人下巴和嘴的輪廓充滿帝王尊貴，有種驕傲而憂傷的氣息，像陰雨國度的國王。她一邊側面是美麗女子，另一邊側面是美麗男子。我們的語言缺乏適當詞彙可指稱這種難以辨別、無法定義的生靈，但是，儘管她並未自承任何性別，我仍稱她為「她」，因為她穿著女性服裝，一件色如蛛網的寬鬆蕾絲睡衣，除非那並非蕾絲，是她如蜘蛛般自己紡線並織成衣物。她的頭髮也與手中織物相同顏色、相同飄渺質地，彷彿自行在周遭空氣中飄動；她的眼瞼和深陷眼眶都貼滿銀色厚亮片，閃動水底般奇異的、彷彿被淹沒又彷彿能淹沒一切的光，照亮整個房間，穿透滿是油污、藤蔓半掩的窗。壁爐對面牆上掛著一面其大無比的鏡子，鑲著缺損的鍍金框，反射那通靈的光芒並更添其奇異，彷彿這鏡子就像月亮，在反射光的同時也擁有光。

鏡子以感人的忠實複製整間房的一切：壁爐，貼著綠色複葉條紋髒污白壁紙的牆，每一樣乏人聞問的鍍金家具。我真高興看見自己沒有因這段遭遇而變樣！雖然我的粗呢舊西裝沾了草汁，手杖也沒了——掉在樹林裡沒撿回來，但我看來有如倒映在森林水塘而非塗銀的玻璃裡，因為這鏡子表面就像毫無波動的水面或水銀，彷彿是一大團固定住的液體，被某種顛倒的重力變成這樣。說到重力，又讓我想起那螺貝的駭人重量，此刻狗已將螺貝放在陰陽人腳邊，她手中的編織一刻不曾停，只用塗了銀霜的美麗腳趾輕輕挪碰它，愁苦之情使她的臉非常女性。

「就那麼小小一針！我只漏了那麼小小一針！」她悲嘆道，帶著狂喜般的悔憾低頭注視手中的織物。

「起碼它沒掉在外面太久。」女孩說，軍樂般的聲音錚然迴盪；悲憫是她音樂中永不會出現的小調裝飾音。「被他找到了！」

「你知道這貝殼從哪裡來的嗎？」她以嚴肅有禮的口氣問我。

她的槍朝我比了比。陰陽人看向我，那雙太大的眼睛朦朧靜滯，毫無光亮。

我搖頭。

「從『豐饒之海』來的。你知不知道那在哪裡？」

「在月亮表面。」我回答，聲音在自己耳中聽來粗啞無文。

「啊，」她說：「月亮，極化光芒的表面。你的答案既對也錯。那是模稜兩可的地方。豐饒之海是個顛倒的系統，因為那裡每樣東西都跟這貝殼一樣死透。」

「他在樹林裡找到的。」女孩說。

「把它放回原處吧，安娜。」陰陽人說。她有一種纖弱但絕對的權威感。「免得造成傷害。」

女孩彎腰撿起螺貝，仔細打量鏡子，朝鏡中一點瞄準，似乎那在她看來是螺貝的合理標的。我看她舉起手臂將螺貝拋向鏡子，也看見她鏡中的手臂舉起螺貝拋向鏡外。然後雙重的螺貝拋出，房中除了棒針喀喀編織之外闃然無聲，只有她將螺貝拋進鏡子而她的倒影將螺貝拋出鏡外。螺貝與自身倒影相遇那一瞬，立刻消失無蹤。

陰陽人滿足地嘆了口氣。

「我姪女名叫安娜，」她對我說：「因為她往這兒往那兒都行。我自己也是，不過我並不只是單純的回文[1]。」

1.〔安娜(Anna)一字由前拼到後或由後拼到前的字母順序皆同，英文稱這類字(或句)為「回文」(palindrome)。〕

她對我詭秘一笑，動動肩膀，身上的蕾絲睡衣滑下，露出柔軟蒼白的乳房，乳頭是深沈的粉紅，帶有覆盆子漿果那種齒狀紋路。然後她稍稍移動胯下，露出男性的標示，粗魯的紅紫色陽具歇息著，顯得兇惡野蠻。

「她，」安娜說：「往這兒往那兒都行，儘管她完全不能動。她的力量與她的無能正好對等，因為兩者都是絕對的。」

但她姨低頭看著自己那柔軟武器，輕聲說：「並不是絕對的絕對，親愛的。能，是無能的潛能，因此是相對的。不確切，所以是中介。」

說著，她以雙手前臂不甚俐落地摩挲赤裸乳房——她不停編織，所以手臂無法自由移動。兩人對看，大笑起來，笑聲在我腦中插進恐懼的冰柱，我不知該往哪裡逃。

「是這樣，我們必須除去你。」陰陽人說。「你知道太多了。」

恐慌如浪潮撲來，我拔腿朝房門跑，也不管安娜手上有槍，只顧著逃。但織物困住我的腳，我再度跌倒，這次跌得更重，倒在地上頭暈目眩動彈不得，她們再度發出殘忍笑聲在房裡穿梭。

「哦，」安娜說：「我們不會殺你的。我們會把你送進鏡子，到那貝殼去的地方，因為如今你就該在那裡。」

「可是那貝殼消失了啊。」我說。

「沒有。」陰陽人說。「它並沒有真正消失。那貝殼不該出現在這個世界。今天早上我掉了一針，就那麼小小一針……那要命的貝殼就溜出了漏洞，因為那些貝殼都非常、非常重，你明白吧。它一與自己的倒影相遇，就回到原來的地方，再也不會回來了。你也是一樣，等我們把你送進鏡子之後。」

她的聲音無比柔和，但說的卻是要讓我進入永恆的異離。我叫出聲來。安娜轉向她姨，手放在她下體，陰莖挺起，尺寸驚人。

「哦，阿姨，別嚇他了！」她說。

然後兩個怪異的女妖吃吃笑，任我畏懼又困惑，六神無主。

「這是一個對等的系統。」陰陽人說。「所以她有槍，我也有。」

她展露那昂然勃起，彷彿展示實驗室成果。

「在我中介又凝聚的邏輯中，對等存在於象徵之外。槍和陽具跟生命都有相似的關係——也就是說，一個給予生命，另一個取走生命，所以兩者在本質上是相似的，否定命題重新陳述肯定命題。」

我只有愈來愈迷惑。

「那鏡子世界裡的男人胯下都有槍嗎？」

安娜對我的頭腦簡單很不耐煩。

「那是不可能的，就像我也不可能用這個——」她說著用槍指著我：「讓你懷孕，不管在這裡還是在任何其他世界。」

「去抱住你鏡裡的自己。」陰陽人邊說邊織呀織呀織。「你得離開了，現在就去。快！」

安娜仍持槍威脅我，除了乖乖照做別無他途。我走到鏡前，細看鏡中深處的自己。鏡子表面起了一層淡淡漣漪，但當我伸出手，碰到的表面仍如常光滑堅硬。我看見自己的下半身被鍍金框切掉，安娜說：「找張凳子站上去！誰想要你只有半截的樣子啊，不管在這裡還是那裡？」

她咧嘴露出令人害怕的微笑，打開槍上的保險。我將一張鍍金椅背藤椅墊的小椅子拉到鏡前，站上去，凝視鏡中的自己：我就在那裡，從頭到腳完整無缺，她們也在那裡，在我身後，陰陽人編織著那半虛半實的連綿織物，持槍的女孩此刻手指稍稍一扣就能殺死我，看來美麗一如劫掠北非城市的羅馬士兵，一雙無情的眼睛，一身謀殺的香水。

「親吻你自己。」陰陽人以令人昏暈的聲音命令道。「親吻你鏡中的自己，鏡子是象徵的母體，是此與彼，這裡與那裡，外與內。」

然後我看見——儘管如今什麼都不會讓我驚訝了——雖然她在房裡和鏡中都在編織，但房裡並沒有任何毛線團，線是從鏡中散發出來的，毛線團只存在於倒影。但我沒時間對這奇景感到訝異了，安娜興奮的惡臭充滿房間，手微微發顫。我憤怒又絕望，只能朝自己的嘴唇湊去，那熟悉卻又未知的嘴唇也在沈默的鏡中世界朝我湊來。

我以為那嘴唇會是冰冷沒有生命的，只有我碰觸到它而它不會碰觸到我。然而當鏡子裡外兩兩成雙的唇相遇，嘴張開了，鏡中我的嘴唇竟是溫熱有脈搏的，潮濕的嘴裡有舌頭，有牙齒。我幾乎無法承受，這意外的撫觸是如此深沈感官，我的生殖器蠢蠢欲動，眼睛不禁閉上，雙臂緊緊抱住自己穿著粗呢外套的肩膀。這擁抱是如此強烈歡愉，我為之天旋地轉。

眼睛睜開時，我已變成自己的倒影，穿過了鏡子，站在一張鍍金椅背藤椅墊的小椅子上，嘴貼著不為所動的玻璃表面，鏡面被我呼出一層霧，沾染著我的口水。

安娜喊道：「好耶！」她放下獵槍拍手，她姨則始終不停編織，對我露出奇特淫蕩的微笑。

「好了，」她說。「歡迎。這房間是中途之家，介於這裡與那裡、此與彼之間，因為，你也知道，我是如此模稜兩可。你先在鏡子的力場裡待一陣，適應一下整個環境。」

我注意到的第一件事是，光線是黑的。我的眼睛花了點時間適應這片絕對黑暗。儘管我穿過鏡子讓鏡中的自己誕生之際，眼睛這整副精細的機制，包括角膜、眼前房水、水晶體、玻璃體、視神經，全也隨之顛倒，但我的感知能力仍一如以往；因此，剛穿過鏡子時我眼前盡是黑暗，景物一片混亂，只有她們的臉因熟悉而浮現。等到頭腦能夠處理顛倒感官所接收的資訊，我這另一雙眼，或說反眼，便看見了一個充滿螢光色彩的世界，彷彿用針將斑駁火焰蝕刻於無維度的不透明。世界還是一樣，卻又絕對改變了。我該怎麼形容……幾乎就像這房間是那房間的彩色負片一樣。除非——我怎能確定哪個世界為主、為先，哪個世界為從、為後？——那一切才是我此刻所在房間的彩色負片，在這裡我呼出的氣等於鏡中反向孿生兄弟吸入的氣，在他轉身離開我的同時我轉身離開他，進入鏡後這房間扭曲的——或者真正真實的——世界，反映出這房間所有的曖昧模稜，已不再是我離開的那間房間。那沒完沒了的紗巾仍繞滿房間，但如今繞的是反方向，安娜的姨不再從右往左織而是從左往右，而那雙手，我發現，大可以左手戴上右手手套，反之亦然，因為她是真正的左右開弓、雙手俱利。

但當我看向安娜，我發現她的模樣跟在鏡子彼端完全相同，於是知道她的臉是那種罕見的絕對對稱，五官每一處都相互對等，因此一邊側面能當兩邊的範本，她的顱骨就像一道幾何命題。她如岩石般無從消滅，如三段論般確切，不管鏡裡鏡外都與自己一模一樣。

但那無論如何始終編織不停的陰陽人的臉則顛倒過來。雖然那張臉永遠半男半女，但面孔輪廓和前額線條都換到原來的相反位置，儘管臉依然半女半男。然而此一改變使這張不同但仍相似的臉看似組合了原先鏡子彼端沒有出現的那女性半臉和男性半臉的倒影，有如倒影的倒影，恆久的逆行回歸，雌雄同體之人自給自足的完美涅槃。她是提瑞西亞斯[2]，能夠投射預言般的映影，不管她選擇在鏡子哪一端讓我看見；而她繼續織呀織呀織不停，彷彿在地獄郊區居家安適。

我轉身背向鏡子，安娜朝我伸出右手或左手，但是，儘管我確信自己正朝她走去，並堅定無比地交替抬動又放下雙腿，安娜卻離我愈來愈遠。姪姨兩人一陣吃吃笑，我猜想要走向安娜必須反其道而行，於是穩穩朝後踏，不到一秒鐘，她瘦硬日曬的手便抓住了我的手。

她手的碰觸讓我心充滿狂野寂寞。

她以另一隻手打開房門。我對那扇門畏懼萬分，因為掛著鏡子的這房間是我在這未知世界的唯一所知，因此也是唯一安全之處。而此刻對我露出難解微笑的安娜在這世界行動自如，彷彿她便是春分的化身，在此處與彼處間奇異地變換交替，不像她不良於行的姨無法移動；除非那永遠靜止的狀況其實意味她移動的速度太快，我根本看不見，於是遲滯的眼睛便把那速度當作了不動。

但當那扇門打開，在這個世界或任何世界都不曾上過油的平凡無奇鐵鉸鍊發出吱嘎聲響，我只看見安娜先前帶我上樓、現在帶我下樓的那道階梯，紗巾仍蜿蜒延伸到大廳，空氣也一如先前陰濕。只有樓梯的線條稍有改變，光線由顛倒的光譜組成。

蛛網像白色火焰形成的結構，相較於我先前上樓時改變如此微小，我只有靠記憶才能察覺那些幾何工程全成為反向。於是我們穿過蜘蛛為我們搭建的虛渺拱門，走到室外，但空氣並沒有令我困惑的頭腦為之一清，因為這空氣質地濃實如水，無法穿透，聲響或氣味也無從傳遞。要穿透這液態沈默必須使出全力、全神貫注，因為鏡子此端的重力不屬於地面，而屬於空氣。了解這世界物理法則的安娜以某種刻意不推動的方式朝我施加否定壓力，我便驚異地發現自己彷彿被人從後狠狠推了一把移動起來，沿小徑朝園門而去，兩旁花朵自頭上的黑色天空濾出

2.〔Tiresias，希臘神話中雌雄同體的預言家。〕

無以言傳的色彩，那些色彩只能用反轉的語言描述，若說出口就永遠無法了解。但那些色彩簡直獨立於植物形體之外，像熾亮光暈隨便停留在雨傘般展開的花瓣上，花瓣薄硬一如兔子的肩胛骨，因為這些花全都鈣化，毫無生命。這座珊瑚花園裡無一植物有所知覺，一切都經歷了死亡之海的改變。

黑色天空毫無距離遠近的維度，不是籠罩在我們頭上，而像是貼在我們身後那棟半毀古屋的平扁線條之後；那屋宛如沈船載有奇特貨物，一個女性男子或雄性女人手持棒針在眼睛可見的沈默中編織不停。是的，眼睛可見的沈默：濃密液態的大氣並不將聲響傳達為聲響，而是變成蝕刻在其內部的不規則抽象動能，因此進入那陌生樹林、那充滿惡意和無可稍減的黑暗的礦物國度後，聽黑鶇鳴叫就等於看某個點在一塊潮解玻璃中移動。我看見這些聲響，因為我眼睛接收的光線已不同於鏡子彼端照在我心跳胸口上的光，儘管如今安娜將我移動穿過橫向重力的這片樹林正是我初聽見她歌聲的地方。此時此刻我無法告訴你——因為這個世界裡沒有語言能形容——那座對反樹林和甜美的六月白日多麼奇怪，兩者都有系統地否定了本身的另一面。

安娜必定仍以某種反轉的方式持槍威脅著我，因為是她的推力讓我移動，我們繼續前進一如來時——但現在安娜走在我前面，槍托抵著空無，而她那隻魔寵[3]這回打前鋒，顏色雪白，睪丸也不見蹤影。在鏡子此端，公狗都是母狗，反之亦然。

我看見化石草木叢中的野蒜、羊角芹、毛茛和雛菊，全變成鮮活奪目卻無以名狀的顏色，毫不動彈一如沒有深度的大理石雕。但野玫瑰的芬芳像一串風鈴在耳中作響，因為香氣在我的鼓膜上振動一如我自己的脈搏跳動，但儘管氣味已變成一種聲音，卻無法像聲音那樣傳送。就算要我的命，我也想不清哪個世界是哪個，因為我明白這個世界與原先那片樹林在時空中是並存的，事實上是那片樹林的另一極端，卻又一點也不像那片樹林，或這片樹林，在鏡中會呈現的倒影。

我眼睛愈習慣黑暗，就愈覺得這些石化植物毫不熟悉。我發現這整個地方都遭到硬生生入侵，充滿了，是的，螺貝，巨大的螺貝，龐然空洞的螺貝，彷彿走在海底城市的廢墟。這些色彩清涼淺淡的巨貝如今散發著幽魂般陌生微光，一只

3.〔參見《染血之室及其他故事》中〈狼人〉註2.。〕

只堆疊起來戲仿樹林的景致，除非其實是樹林在戲仿它們。每一只螺貝的旋紋都是反向，每一只都像先前誘惑我的那只螺貝沈重如死、充滿超自然的震盪。安娜以一種我立即能解的無聲語言告訴我，這片改頭換面、如今只豐饒於形變的樹林，就是——除此之外別無可能——豐饒之海。她暴力的臭味震耳欲聾。

然後她再度開口歌唱，我看見無聲黑暗的火焰燃燒，一如《諸神的黃昏》中的華海拉殿[4]。她唱出火葬柴堆，天鵝之歌，死亡本身，接著獵槍一掃，逼我跪倒在地，動手撕開我的衣服，狗在一旁看。歌曲在四周悶燒，空氣的重量像棺材蓋沈沈壓下，加上黏稠的大氣，使我動彈不得，就算知道該怎麼防禦也無法自衛；很快她就把可憐兮兮的我按倒在一堆螺貝上，雙腿岔開，長褲拉到膝蓋。她微笑，但我分辨不出那微笑的意思。在鏡子此端，微笑完全無法暗示意圖或情緒，而我不認為她打算對我做什麼好事，當她解開粗糙皮帶脫下牛仔褲。

她雙臂如刀切分空氣，撲在我身上像擲環套上木樁。我尖叫，叫聲飛散空中，像遊樂園裡噴射水流上的乒乓球。她強暴我，也許在這個系統裡，她的槍讓她有權力這麼做。

我在她的蹂躪下吼叫、咒罵，但四周的螺貝毫無共振，我只發出一團團光線。她強暴我，凌辱我，造成我極大的身心痛苦。在她肉體的侵略下，我的存在逐漸漏失，自我在痛楚中消滅。她苗條的下身如活塞上下戳動，彷彿她是把鐵鎚，正將我冶煉成肉體與精神之外的某種物質。我知道這種可怕歡悅來自肆無忌憚的放恣，她已經點燃我的火葬柴堆，現在就要殺死我。她不知疲累地往復擠搾我的生殖器，我憤恨萬分，雙拳只能無助揮打腦後的空氣，卻驚訝地看見她神色漸變、臉上出現瘀血，儘管我的手離她很遠。她是個勇敢頑強的女孩，挨了打卻肏我肏得更凶，激烈一如塞爾柱土耳其人攻陷君士坦丁堡。我知道若不立刻採取行動，就毫無希望了。

她的槍靠著螺貝立在一旁，我朝反方向伸手，抓到槍，在她的跨騎下朝黑色天空開了一槍。子彈在平板天空上打出一個整齊的圓形空洞，但沒有任何光線或

4.〔華海拉殿（Valhalla）是北歐神話中主神歐汀（Odin）接待陣亡戰士英靈之處。《諸神的黃昏》（Götterdämmerung）為華格納歌劇作品，「尼伯龍根指環」第四部。〕

聲音穿透那洞漏入。我射出了一個沒有質量的洞，但安娜發出撕裂般的尖叫，在樹林表面造成一條歪扭不平的疤痕，她往後倒去，身體略為抽搐。狗朝我狺狺怒視，模樣非常嚇人，正要撲向我喉嚨，我迅速以同樣的否定方式射殺了牠。現在我自由了，接下來只需回到鏡前，回到世界的右手邊，但我仍以鬆鬆的手勢緊抓住槍，因為鏡子還有一個看守者。

我離開安娜陳屍的貝堆，朝來時的反方向前進，以便回到古屋。我一定是跌進時間映影的鏡中刪節，或者碰上連猜都無從猜起的物理法則，總之樹林溶解了，彷彿安娜傷口流出的血是那石化存在的溶劑，於是我陰莖上她的體液還沒乾，我便已回到傾圮的園門前。我先停步拉上拉鍊，再朝大門走去，雙臂像剪刀剪過厚重大氣，而大氣變得愈來愈不液態、愈來愈難觸及。我沒有敲鐘，滿心憤恨，強烈感受被這些神話怪物般的生靈玩弄羞辱。

一如預期，織物蜿蜒伸下樓梯，接下來便看見棒針的聲響，一副斷音譜表。

她，他，它，提瑞西亞斯，儘管仍不肯罷休地織著，但此刻她哀哭悼輓一整排掉針的織線，試著盡可能修復損傷，哀哭聲讓房內充滿女巫狂歡夜般的瘋狂形狀。看見我獨自一人，她仰頭嚎叫起來。在位於這裡和那裡間的緩衝之室，我聽見清澈如水晶的聲音發出無言的指控之歌。

「哦，我的安娜，你把我的安娜怎麼了——？」

「我射殺了她。」我叫道。「用她自己的武器。」

「強暴！她被強暴了！」陰陽人尖叫。我將那把鍍金椅拉到鏡前站上去，在塗銀鏡面深處看見一張新的兇手的臉，是我在鏡後此端戴上的。

仍繼續編織的陰陽人用光腳在地板上蹭，將藤編輪椅移過披散一地的紗巾，接近我，攻擊我。藤椅撞上鍍金椅，她盡可能站起身，用柔弱拳頭捶打我，但因為她編織不輟，便無從抵抗我一拳重重打在她臉上。我打斷了她鼻子，鮮血湧出，她尖叫著丟下手中的織物，我轉向鏡子。

她丟下手中的織物當我撞進鏡子

進鏡子，玻璃粉碎在我四周同時

無情刺進我的臉

進鏡子，玻璃粉碎

進鏡子——

半進

然後鏡子像個有技巧的娼妓聚攏起來，推開我。鏡子拒斥了我，重新聚合，只剩下一片映照的、不透明的神秘，只剩下一面鏡子，無法穿透。

我跌跌撞撞後退。提瑞西亞斯的起居寢室裡盡是極深的沈默，沒有半點動靜。提瑞西亞斯空無一物的雙手掩住那張如今永遠改變的臉，兩根棒針各整齊斷成兩截，落在地上。她哭起來，雙臂無助狂亂地揮動，血和淚流濺睡袍。但她又開始悽愴絕望地大笑，時間一定隨之重新啟動並以毀滅性的高速運轉，於是那沒有年齡的生靈便在我眼前凋萎，彷彿身上迅即降霜。她蒼白的前額冒出皺紋，頭髮大把大把落下，睡衣變成棕色縐縮消失，露出全身鬆垂的皮肉。她是時間的廢墟，抓著喉嚨掙扎喘氣。也許她快死了。不知何處起了一陣風，將紗巾如枯葉般吹走，吹遍房間，儘管窗仍緊閉。但提瑞西亞斯對我說話，對我說了最後一次。

「臍帶斷了，」她說。「線斷了。你難道不明白我是誰？不明白我就是綜合的化身嗎？這世界往哪兒，我也就往哪兒都行，所以我將兩者織在一起，正與反，這世界與那世界。葉子之上與葉子之下。凝聚消失了。啊！」

她頹然倒地，又皺又禿的老醜婆，倒在一堆細弱散亂灰毛線上，鍍金家具四分五裂，牆紙剝落。但我很高傲，我沒有被打敗。我不是殺死她了嗎？我以男人的驕傲再度邁步向前，迎向鏡中自己的影像，充滿自信伸出雙手擁抱自己，我的反自我，我的自我非自我，我的刺客，我的死亡，世界的死亡。

自由殺手輓歌

我清清楚楚記得你，彷彿你昨天才死去，儘管我並不常記起你——通常我都太忙了。但我曾跟政委提過你一次。我問他我做得對不對，如果他是我，是否也會那麼做？但他說，若我要尋求赦免，他是最不合適的對象，何況現在一切都已改變，我們也不一樣了。

我記得當時我住在高高的閣樓，房子位於一處廣場，周圍其他房舍的門窗大多已釘上木板封死，但並非沒人住。儘管這些房屋都在等待拆除，裡面卻仍住著一小群法律邊緣的家庭，成員從秘密出入口爬進爬出，點蠟燭照明，睡在前任遊民曾用過的骯髒床墊，煮湯的材料是蔬果店垃圾桶揀出來的蔬菜，還有假稱餵狗而向肉店討來的骨頭。

但我們的房東——那年頭，擁有並出租私人產業是合法的——拒絕把房子賣給那些想拆除這整排連棟屋舍的投機商人。他在這屋裡熬過二次大戰的德軍閃電轟炸，這是他的巢穴。他用齲齒般坑坑洞洞的牆擋住耳朵，感覺自己身處安全的小天地，儘管那份安全事實上並不存在，他卻全心相信。他出租房間，收取舊日物價水準的租金，因為他不知道時代已經變了。他怎麼可能知道？他根本足不出戶，行動不便只能坐在椅子上，且幾乎全盲。他的房間就是整個世界，這棟屋子則是他知曉但從不前往冒險的未知宇宙，此外的一切都不可知。他甚至不知道住地下室的那群小伙子暗地用牛奶瓶做汽油彈。

有個十五歲女孩跟他們同住在地下室，圓潤的臉蒼白溫和，神情總彷彿有點驚訝，驚訝於自己晴天霹靂懷了孕，大腹便便步履蹣跚。她鮮少開口說話，動作沈重有如置身水底。你在我們房裡放了把來福槍，喜歡坐在開著的窗邊掃視廣場和樓下那條街。

每天早上，年輕的一男一女來廣場做瑜珈。他們擺出樹式，鞦韆上一個孩子搖得愈來愈慢，轉過身去看他們。他們的觀眾總是相同：遊樂場上那孩子，以及尚未出師的狙擊手。他們右腿伸出，彎起膝蓋，讓光著的右腳底貼住左大腿內側，雙手合十宛如祈禱，然後將合十雙手高舉過頭。為了保持平衡，他們全神貫注，視線固定在面前的光禿草地。這姿勢保持了整整一分鐘——我看著手錶指針移動——然後他們右腳踩回地上，手放下，接著抬左腿，重複先前的動作。結束後，他們倒立，姿態端莊，專注忘我。

X透過來福槍的瞄準器看他們做完全套動作。當他打開保險栓，我嚇得六神無主，什麼也不敢說。樓下那對男女我不認識，但是是熟面孔。他們偷住在廣場對面一棟屋裡，就像住在屋頂上的鴿子一樣不會傷害任何人。做完瑜珈，他們離開，X關上保險，笑了。我非常害怕他這類野性情緒，但他告訴我，真正的殺手應該像天氣那樣對一切無動於衷，還說，他掃視廣場只是在練習無動於衷而已。

我愛上他，便進入他的世界，只覺得自己能進入這與外隔絕的世界是項特權。我們刻意放逐自己遠離日常生活，驕傲地活在括弧裡。夜裡有時我會出門透氣，路燈鬼魂般的黃光灑遍街道，使車禍留下的血跡失去顏色，看起來不那麼真實。我常在街上一走就是好幾哩，孩子氣地開心拍手，為爆破的終點站熱切鼓掌。

當時這城市看來不太可能熬過那年夏天。天空開花，像沙皇家族贈送的、設有精巧機關的復活節彩蛋。夜色像黑殼分成兩半，噴出爆炸。因為住在一棟滿是業餘恐怖份子的房屋，我感覺就像是自己點燃了引信，引發這些煙火表演。然後我會覺得自己幾乎無所不能，就像X坐在我房間窗邊手持來福槍俯視廣場時那樣。

當時我住在高高的閣樓，在那裡我懸浮於夏天之上，彷彿閣樓是熱氣球的吊籃。倫敦岔開大腿躺在我下方，她是個夠隨和的娼妓，為我們在她懷中找到容身之地，儘管要愛她得花很高的代價。

她這麼老，這老太婆早該淘汰了，你說。她在昨天前天和大前天的殘妝地層上又厚厚塗抹，簡直看不清那麼多層油漆、塗鴉、舊海報底下的黑斑粉刺——淫逸、壓迫、腐化、只顧自己的倫敦，醃泡在她自己的腐朽糖漿中像蘭姆糕，投機的房地產商則四處挖她的腸子，惡毒的勤奮一如淋菌。

這病懨懨的城市散發一股熱病般歇斯底里的光華，像夏夜燈光。城市就在我眼前變形，鋼鐵玻璃塔戳穿這枚腐爛水果柔軟髒污的天鵝絨果皮。塔裡沒人住，怎麼可能有人住——一如德意志第三帝國的建築，這些塔看來就是要成為最美麗的廢墟。這種寂寥建築充滿老鼠橫行的殘磚斷瓦幻影，托缽僧和勸人改宗的人穿梭其中，搖鈴、敲鈴鼓，向路人提供目不暇給的各式救贖。穿藏紅袍剃光頭的人拜請印度次大陸諸神，鄰居則叫我們信任耶穌。但炸藥才是我們的救贖，我住處的地下室已成了小小軍火庫；隨便哪個聰明的孩子都能自己做出手榴彈，孩童十字軍[1]的時候到了。

那是一段奇怪、懸空的時間。這城市從不曾如此美麗，但我當時並不知道，它在我眼中如此美麗只因為它已在劫難逃，而我是資產階級美學的無知奴隸，總在腐朽中看見令人哀輓的魅力。我記得那些夜晚充滿尖銳的威脅，也記得某業餘

1.〔十三世紀初，在十字軍東征的狂熱中，法、德等國有人起而集結兒童成軍，向東行進打算從事奪回耶路撒冷的「聖戰」。成員大多在半途失散，不知所終。〕

炸彈客炸掉一處警局時那美麗的陣陣火花流瀑。我住的房子總是充滿廣場樹木隨風搖曳的窸窣，彷彿海浪沖進走廊，沖進房間。

我住在四樓，儘管我只要看到任何深淵，不管高度多麼微不足道，都會感覺暈眩興奮不已，幾乎情不自禁要縱身墜落。面對重力的吸引，我簡直無法抵抗，只能無力地任由它擺佈。因此住在四樓，意味我的每一天都始於意志戰勝本能的小小勝利。我想跳，但是不可以跳。臉色蒼白，呼吸急促，一陣冷汗——恐慌的症狀一應俱全，我與X相識時也是這樣。當時我的感覺正像站在深淵邊緣，但這回暈眩來自一種認知，認出這深淵便是我自己的空虛；於是我一頭栽進去，因為當時我是如此天真無知，反而在屈服中看見最終極的世故。

那年夏天美麗一如戰前。附近開自助洗衣店的太太來自西印度群島，總是戴一頂面紗小氈帽，彷彿不管環境再怎麼不堪也要維持稱頭打扮。她用濕答答拖把將地板上的灰塵挪來挪去，雜務做完後便坐在椅子上，唸那本快翻爛的聖經給自己聽，聲調是難以形容、帶著牢騷味道的輕快，像隻鳥在教訓人。有時書裡的東西會讓她驚嘆出聲。有次她喊了句和散那，我從她背後探過頭去，看到她正在讀啟示錄。

非法住客把隔壁那棟房子當作教堂，當我們在地下室搞炸彈的時候，他們整夜吟誦著：聖嬰耶穌，聖嬰耶穌，聖嬰耶穌。

當時我並沒讀過列寧，但就算讀過，也不會同意他說革命裡沒有狂歡餘地的這句話。光是我們在床上所做的幾乎就能顛覆世界了。X狼人般的眼睛在黑暗裡像保險絲發亮，他貼得太近時那種充塞我心的甘美畏懼尤其令我歡愉。我想成為路障之聖母，你叫我開槍打誰我都會照做，只要他們不因此受傷。除了自己的感受之外，我覺得我什麼都不需了解。就像原始人的信仰，我覺得我們做的那些儀式足以讓死去的大地重新復活。你沿著我手臂印下的吻就像曳光彈。我迷失。我流動。你的肉體定義我，我變成你的創造物，我是你肉體的倒影。

（「首都上一段危機期間，性關係普遍充滿原欲與偽意識。」政委如是說。）

人以自己對這世界的意識構築自己的命運。你參與陰謀，因為你相信再不起眼的事物都參與了對付你的陰謀。你的確信具有感染力，令我印象深刻。「連草莓聞起來都有血的味道，今年夏天。」你的語氣帶著津津有味的預期。我看見你愈來愈常待在窗邊，練習無動於衷。

你向我描述永遠的革命是何等光景，聽起來像一連串美麗的爆炸；火山會一座接一座在內部壓力下爆發，永無休止地複製狂喜。床在我們身下吱嘎，聽來像軍樂隊狂熱演奏《崔斯坦與伊索德》的〈愛之死〉。你描繪的鬥爭痙攣是那麼光輝、堂皇、美麗，我感動得哭了；但你說，我們從小處開始，從一次開一槍做起。在你口中，暗殺就像色情一樣誘人。A、B和C懷疑我，因為你離棄地下室，上了我的床，但如今我們都深陷於相同的執迷，他們對我便比較客氣。二P、三P、四P的瘋狂。我們生活在火山口，感覺土地在腳下移動。多麼動盪不安的時代！多麼地動山搖的時代！

（「資產階級把政治變成浪漫主義的一個面向。」政委說。「如果政治只是一種藝術形式，就沒辦法威脅他們了。」）整個城市綻線般分崩離析，運輸工人罷工使各區之間距離變得遙遠，但我們只在住處附近步行可達的範圍活動，所以不受影響。

我們那棟屋又高又窄，一道磨損階梯從前院通往地下室。房東住在一樓前側的房間，縮在電視機前，努力想搞懂那雙昏花老眼偶爾能看見的一鱗半爪，可憐的老頭，只有一根手杖和一群貓作伴。房裡有洗手台，瓦斯爐，還有個小食櫃放貓魚。他一星期替牠們煮兩次魚，煮好後收進一個洗碗盤用的塑膠盆，整棟屋子都是餿魚臭味，我們得一天到晚燃香與之抗衡。他拿乾淨報紙鋪在桌上，把魚分裝小盤，貓全都跳上桌去吃。一個湯盤裝滿清水，儘管水每天更換，但才到中午一定已淹死一兩隻蒼蠅；另一個小盤裡的牛奶也是，晚間六點播新聞時已經成了奶凍。三條腿的椅子用一疊疊舊報紙墊起，鋪蓋著不要的舊衣物。各色各樣的貓坐在雜物櫥上，夾雜著喝空的棕麥酒瓶，敞口的煉乳盒，不走的時鐘，發黃的傳單，賭足球的票券，牛奶已經結塊的瓶子，缺了一隻耳朵的阿爾薩斯犬石膏像。他就坐在那裡，儼然自己國度的國王，腳步重重落在地板上，渾然不覺地下室的陰謀份子不小心弄出的砰隆！聲響。

我們一週見他一次，付房租，因為我們決心表現得規規矩矩，而如果非有房東不可，像他這樣半瞎的最為理想。那感覺就像對聖像獻上香油錢。年歲將他長著老人斑的發黃皮膚拉得緊繃在顱骨上，使他的頭亮得像打磨過的骨頭，那雙眼睛退化成嬰兒緞帶般的無邪藍色，視線對不住焦，總是淚汪汪，眼角糊著眼屎。他瘦骨嶙峋的手指緊抓手杖，姿勢帶有某種退縮的兇狠。

現在想想，他大概是害怕我們，所以裝出兇狠模樣。酒館裡大家都說他把一捲又一捲鈔票塞進老賀爾本[2]罐，藏在房中那堆破爛之間。他像海綿把房租吸收殆盡，但絲毫不疑有他，不像那些貓察覺事有蹊蹺，見到我們進他房間就猛甩尾巴，有時還發怒嘶啐。橘黃色那隻還抓過你。

二樓住了個有變裝癖的中年人，但他太沈迷於自己的怪異習性，無暇分神注意我們。在薄暮輕柔紗幕的遮掩下，他奇裝異服在廣場上小小溜搭，搖搖晃晃踩著五吋高跟鞋，人未到鞋先在地面釘出洞來，就像登山客用帶勾的長傘鉤住山壁。在這些散步的黃昏，他都穿黑色嘎別丁上衣加薄外套配長窄裙，脖子圍一圈狐皮，狐頭垂在左肩，圓圓小眼替他留意身後動靜。他樓上住的是一個有點智能不足的未婚媽媽，跟一窩小孩邋遢過活。她負責替房東老頭採買，如果她記得的話，不過反正他也只要一星期兩份魚，一兩罐豆子，偶爾再加瓶麥酒。

那棟屋子永遠昏昏暗暗，充滿熟食餿味、培根幽魂、廁所騷臭和走廊上的貓尿味。樓梯間那些燈泡永遠是燒壞的。那是一棟黑暗的老屋，是一個我們在岩壁看見影子的洞穴，是一處貧民窟，是一座要塞。那是殺手自由業的時代，這沈疴垂危的城市長滿各種癌細胞般的組織；我們此一支部足以自給，不受任何其他支部命令或認知。你就像涅恰耶夫[3]一樣令人信服，一心只想著籌畫殺人。

你隨便挑選了一名內閣閣員做為目標。我們求問於易經，擲幣卜卦；卦象似乎是吉兆，儘管語調一如往常謹慎保留。我們抽籤，做記號的那張卡永遠都會到你手上。身為一個清楚意識自己將成為殺手的年輕男人，你與我做愛，勢如攻陷巴士底獄。然而接著我發現你謀求無動於衷的途中碰到了障礙，因為你在哭，但當我問你為什麼哭，你卻打我。

鄰居的吟誦聲響得簡直像就在我們房裡。窗戶無簾，刺眼的黃色燈光悽愴照

2.〔Old Holborn，菸草廠牌。〕

3.〔涅恰耶夫(Sergei Nechaev, 1847-82)，俄國革命者，提倡高度紀律、專業組織的革命運動，著有《革命教義問答》。〕

亮你悲哀的臉，但我太著迷於你的魔咒，猜不出你為什麼哭泣。一切不是都決定好了嗎？明天我們就去殺死那個政客，我按門鈴，你開槍。我不懂你為什麼哭，你這計畫的模範單純令我太印象深刻，使我確信我們做的必然是正確的事。因為被打，我生起悶氣，而後重新入睡。嗡嗡作響的單調吟誦——聖嬰耶穌，聖嬰耶穌，聖嬰耶穌——誘我進入夢鄉。

醒來看見好一幅景象！——你襯衫染滿血，把鈔票灑在我身上。藍色鈔票緊緊纏成一小捲一小捲，落到我身上反彈起來，再掉到地上散落攤開。好大一筆錢！我在紫羅蘭色的晨曦中眨眼，被你奢華的歇斯底里驚得愣住。你又是哭，又是胡言亂語，又是砸家具、打破杯子、弄翻垃圾桶。我替你泡茶，狡猾地在杯裡加了安眠藥，逼你喝下，讓你躺在我空出來的床上，因為我再也無法跟你同睡一張床。我待在你身旁，直到確定你睡著，然後把你反鎖在房裡。

A、B和C忙了一晚，正在瓦斯爐上煎蛋烤麵包。A的女孩仰躺在床墊上，肚子又圓又大活像飛船，足以高高飛上天空，帶她遠離這人世淚谷，越過彩虹，去到一個好遠好遠的快樂天地。我把你說的話告訴他們：你殺了他做練習。我們本來打算當非常哲學的殺手啊！但殺了房東，你做為人之存在還有什麼可信的憑據？那是暗殺的彩排，還是殺手的試鏡？

老頭身穿臭烘烘睡衣倒在地上，發黃褲襠垂露出孱弱衰老的那話兒。貓們圍著他轉，餓得直叫，鬍鬚和好奇的腳掌都沾了血。X打破了老頭的頭，他痛苦垂死之際滾下床來。從滿屋跡象看來，儘管他年邁體衰，卻仍奮力抵抗掙扎了一陣：床單亂成一團，床頭小几也打翻了，几下的夜壺側倒出來，尿流滿地。之後X一定翻遍房裡每一處櫥櫃抽屜，找出傳說已久的藏錢菸草罐。我們看著這些證據，一片沈默，儘管隔壁鄰居仍然鬼喊鬼叫不停，連在一樓這裡都聽得見。貓大聲喵叫朝我們身上磨蹭，我想我最好餵牠們吃東西，免得牠們把房東屍體給啃了。於是我打開食櫥拿出魚，鋪好桌子放好食盤，彷彿一切如常。貓全跳上桌埋頭就吃，邊吃邊發出呼嚕呼嚕的嗚聲。

A的女孩因為懷孕，我們沒讓她進房來。現在我們隔著蕾絲窗簾看見她，肩上胡亂裹著披肩，跟在沈重的大肚子後面沿街走去。A說：「她破水了——她去找警察。」我衝出屋子去追她，很快就追上了，因為她胖得跑不快。她哭起來，說她從來就不喜歡X，說他眼神冰冷。然後她昏倒了。A趕來跟我一起把她抬回地下室，不久她便開始分娩。鄰居繼續唸誦：聖嬰耶穌，聖嬰耶穌，聖嬰耶穌。A的女孩很害怕，我握著她又熱又黏的手，A燒水，B和C則拿條繩子上閣樓把X綁住。他們說，他醒來時驚訝得完全不知反抗。他一定覺得這像是玩具竟然叛變。

屋外開來一輛警車，我們嚇得抱頭鼠竄，只剩可憐的蘇西躺在那裡，呻吟著揪扯床墊。但警察是來找我們鄰居的，是變裝男投訴隔壁太吵，於是我們站在地下室通前院的那道階梯上，看他們拿斧頭朝門上釘的木條砍，破門而入。過一會兒他們又出來了，半領半抱著那些恍惚、發抖的住戶，他們個個慘白，神智迷離，形銷骨立，呆瞪眼睛仍喃喃唸著禱詞，乏力又倦怠得無意抵抗。

我用瓦斯爐火消毒剪刀，剪斷臍帶，A把哇哇大哭的小男嬰抱在懷裡。但不管當了父親有多高興，A仍堅持要對X做一場公平審判。也許，甚至到了那時候，B和C仍不太信任我，因為我以前很有錢。但X很快就向我們坦承了一切。我們在閣樓審判他，把蘇西留在樓下奶孩子。我們解開X腿上的繩，讓他坐在椅上，但手臂仍綁著。他坦白的內容如下，似乎在羞辱和辯解之間痛苦不堪。

「我覺得沒把握，對自己沒把握。萬一我搞砸了怎麼辦？說不定我會徹底搞砸，扣不下扳機，只呆站在門口看他。萬一我想殺人、要殺的人也是正確的，卻下不了手怎麼辦？萬一我整個人僵住怎麼辦？萬一我花了那麼多時間透過來福槍的瞄準器去看人，克制得太久，根本永遠開不了槍怎麼辦？一想到自己可能軟弱，我就怕得全身發抖。

「房東對誰有什麼好處嗎？成天只知道坐在房裡收房租，沒人愛他，他對誰都沒意義。他根本不算活著，幾乎不會說話，眼睛也差不多全瞎了，像隻癩蛤蟆蹲在那兒，守著那麼多錢。

「我亂了，我祈禱。是的，我祈禱。因為怕失敗，我整個人都亂了。我祈禱，然後得到答案。我看她睡著了，就拿槍到他房間。我進去時他沒醒，但貓都醒了，伸著懶腰從椅子、櫃子、床鋪上跳下，喵喵叫著走向我，像一波有眼睛有嘴巴的毛皮浪潮。他醒來聽見貓叫，也跟著喵起來。『是誰呀，喵咪，怎麼了，喵咪？』我進房間時對他完全沒有惡意——完全沒有，只是要練習自制。

「但一看到他那麼無助，我就恨起他來。一看到要殺他是那麼容易，易如反掌，我就恨起他來。我舉起來福槍，透過瞄準器看他。瞄準器改變了我對他的看法，現在我看到的不是人，甚至不是又老又破的人類遺跡，只是有待消滅的東西。他朝著某個他看不見的凶神惡煞講話，問那人是不是要搶他的錢。我醒悟到那人就是我，於是心想反正都來了，順便拿走他的錢也好，既然他自己說要給我。但我什麼都沒說，我的手在發抖。他叫我別殺他，這下提醒了我，我是可以殺他的，如果我想要的話。直到那一刻之前我都沒有想殺他，但當他把我說成殺他的人，我就是了。是他自己決定了他的命運，發生那種事是他自己的錯。

「隔壁那些人像瘋了一樣又唱又唸。他在骯髒的床單裡滾，雙手抱頭，彷彿這樣就能保護自己。他的睡衣敞開了，一身老肉露在床單上，看到那身老肉讓我噁心想吐，我扣住扳機的手指收得愈來愈緊。貓群擠在我腿邊尖叫，橘黃色那隻還抓我，牠們全都人立起來朝我吼，簡直就是在攻擊我。那隻老臭蟲完全任我發落的樣子真是噁心死了！但我正準備開槍時想到：槍聲一定會很大，大到甚至超過隔壁的吟唱。槍聲會吵醒『女裝小子』。女裝小子會醒過來，套上他的性感睡衣下樓察看怎麼回事。樓上那女人也會醒，或者她的小孩會醒，他們全都會下樓來，連那個四歲小鬼也不例外，邊走還邊揉睡眼。我想到來場大屠殺——把他們全幹掉。但我太有自制力了。

「我放下槍。他伸手亂摸亂抓那個放尿盆的床頭小几，小几搖來搖去，因為他亂動得太厲害。貓被尿盆掉地的聲音嚇到，全都豎起身上的毛，拱起背，喉嚨發出嘶嘶聲，從我四周退開，但他還在床頭几裡摸來摸去，找出一個小罐子。罐裡的鈔票捲成捲髮紙一樣，他把鈔票全倒出來，有些掉進打翻滿地的尿裡，貓都跑過來用腳掌把紙捲揮來拍去。他兩手抱起一堆鈔票朝我送，說：『拿去吧，我就只有這麼多。』但我知道他還有很多其他菸草罐藏著錢，大家不都這麼說嗎？他卻想這麼便宜就收買我，我對他立刻完全失去慈悲心，用槍托猛打他的頭，直到他動也不動。」

他看著我們，彷彿確信我們完全了解他說的每一句話。我閉上眼睛，感覺猶如墜落，然而當我張開眼睛，深淵仍在，我只是站在邊緣。現在我的眼睛張開了，明晰知覺就成了我的新職業。故事說完，X孩子般哭起來，彷彿他值得憐憫，這時我再害怕他不過，怕自己真的開始憐憫他。看著他哭哭啼啼，我們變老了；他哭得像個孩子，我們則變成他的父母，必須決定怎麼做對他最好。現在我是他的母親，他們是他的父親，我們看見我們共同的責任，在於身為他這場隨機行動結果的起因。

「妳一定最難受。」A對我說，因為我曾是這人的情人。但我們全強烈感受到同樣的怖懼，因為，一旦他只為自己且獨自一人採取行動，我們與他的共謀關係就告結束，如今可以站在與他不同的立場評斷他，由此也評斷自己。

我會試著把你形容得好一點。我很高興你死在路障架起來之前。我們在那路障裡坐了牢受了罰，但我不會希望有你端著機關槍在我身旁，因為你是你自己的英雄，一直都是你自己的英雄，不會輕易受人命令。但你或許可以成為傑出的神風敢死飛行員，要不是你那麼怕死的話。你讓我們相信你是領導人，因此，在你對我們發號施令的時候，我們怎能結成聯盟？我們與你有最深的共謀關係，我們景仰你的偏執狂，也因為景仰，便相信你的偏執狂本身就是各種事件的解釋。但我始終都有點怕你，因為你抱我抱得太緊太緊，讓我達到高潮的技巧靈活得近乎野蠻，像獵人剖開一頭鹿。

聽完X的告白，我們給他喝點水，重新綁起他的腿，然後塞住他的嘴，怕女裝小子或樓下的未婚媽媽聽見叫喊會來救他。然後我們下樓，在地下室討論該拿他怎麼辦。A的女孩正在奶孩子，看來對自己懷中的奇蹟有著晦澀難解但完完全全的心滿意足。她氣我們把她鎖在地下室，說她永遠不會離開A，因為A是她小孩的父親，但我認為她這麼說只是因為剛生完孩子情緒高昂，我們還是得小心她。A為她煮了糙米和蔬菜，還加了兩個蛋，因為現在她需要營養。討論很久之後，B也拿了些食物上樓，但X把盤子摔到地上。他現在鬧起脾氣來了，B告訴我們；他認為我們的舉動很不理性。

看來他昔日的自信已經恢復得差不多，但我們對他不再有信心。我們共同做出決定，儘管C——真是滿腦袋老電影啊！——起初想把X鎖在閣樓，留給他一把左輪，讓他自求解脫。但我們一致認為，也說服了C，X是不會這麼做的，就算我們給他這個機會。

B從水槽下的小櫃取出一捲結實的繩子。我們等到天黑，漫不經心聽著收音機，聽見軍隊已被召集去終結汽車工人的罷工，但我們已被自家支部的意外事件震住，對這消息都沒有反應。眼前的私人情境似乎重要得多。

我們整天沒給X鬆綁，因此他身上都是自己的排泄物，又髒又臭，脾氣也很壞，咒罵我們。但當他看見繩子，起初是大笑起來，想虛張聲勢逃過一劫，然後轉而口齒不清哭哭啼啼——除此別無他詞能形容他痛哭失聲的哀求。我們沒有他竟也能採取行動，似乎令他驚詫。A手持左輪。這裡離漢普斯戴荒地不遠。

我們拿左輪抵著雙臂仍牢牢綁住的X的背，逼他前進。在街上沒碰到其他人，所經之處別人都悄悄移開，一定是以為我們全都喝醉了。荒地也空蕩無人，只有遠處一堆火，大概是某個無家可歸的家庭在那裡露宿。這時月亮已經升起，我們不久便找到一棵合適的樹。

X明白他已經沒有希望，再度變得沈默，但當我把繩圈套在他頸上時，他問我是否愛他。這話讓我十分意外——在我聽來完全不是重點，但我還是回答，是的，我曾經愛過他，然後試了試繩結夠不夠活。B和C拉動繩子，他向上升去，像面旗子。竊竊私語的灌木叢上，一輪大得不祥的赤褐月亮掛得太低；脖子折斷聲傳來之後，他在那月亮下激奮舞動了五分鐘。然後屎尿齊下。真是一團髒亂！

他的身體靜止下來，無力地懸垂，我們切斷繩子，把屍體丟進草木叢。A吐了，B掉了點眼淚，C和我用樹葉把屍體蓋住，就像〈林中孩童〉[4]的知更鳥。我始終保持平靜，平靜到兇狠的地步，C對我說妳變成母老虎了，我以前還以為妳是小貓咪。現在想起來，我認為正義獲得了伸張，但我們本身既是罰者也是罪人，而且我們沒挖洞埋X，便是因為想留下漏洞，讓正義的日常活動有機會追上我們。我們的舉動開始有些尊嚴，我們的非邏輯逐漸增添一種嚴酷美德，儘管我們以蒙昧陌生的眼光看著彼此：我們是誰，我們變成了什麼樣子？

我們怎麼可能做出這件事，怎麼可能計畫出這樣的意圖？

在地下室，A的女孩和嬰兒睡得挺安詳，我們泡茶，喝起來跟吊死他之前喝過的茶味道沒有什麼不同。

4.〔Babes in the Wood是一首古老民謠，描述兩個孩童在樹林中迷路死去，知更鳥飛來用翅膀遮覆他們的屍體。〕

現在B顯露出強硬的道德感，說我們該去報警，去坦白一切並接受懲罰，因為我們並沒做任何讓自己蒙羞的事。但A有兒子要顧慮，想帶蘇西和小孩去威爾斯山區一處他有朋友在的公社，在那裡的新鮮空氣中慢慢恢復，擺脫這段荒唐日子，還沒頭沒腦地說他再也吃不下肉了，以後走路經過肉店都要避到對街。他坐在床墊上熟睡女孩身旁，每分每秒都變得更像尋常人夫人父。但C和我現在不知該怎麼辦，也不知該怎麼想，什麼感覺都沒有，只有感覺的中斷，一種遲鈍的沈重，一種絕望。

九月初的純淨清涼天光照進來，用挑剔手指摸過房裡的一切。我們看著白晝，有點驚訝，驚訝於它竟跟任何一天一樣明亮，事實上比平常更明亮。然後我感覺一滴沈重雨水落在我頭上，但那不是雨滴，因為外面正出著太陽，也不是蓄水池漏水，因為我們頭頂上就是房東的房間。這滴水是紅的。可怕！那是血，我抬頭看見天花板已被老頭的血滲出一片污漬。

我們爭執起來。我們是不是該照A想要的，在後院挖個洞把老頭埋了，收拾自己僅有的家當，化名離開，偷偷各奔前程，還是該照B認為正確的，向執法單位自首?本能和意志再度對上:在一棟我根本不曾知曉其存在的建築物,我身處四樓窗台,不知道是意志還是本能在叫我跳,叫我逃。正討論著,我們聽見遠處傳來低沈轟隆,本以為是打雷,但當A打開收音機想知道現在幾點,卻只有軍樂和新聞快報,告訴我們政變已經發生,軍方掌權了,彷彿這裡不是這裡,而是香蕉共和國。他們在北邊遭到一些抵抗,但正迅速把對方打得落花流水。我們密謀籌劃半天,軍方將領卻同時也在密謀籌劃,而我們竟一無所知。一無所知!

雷聲愈來愈響,是槍彈和迫擊砲的聲音。天空很快便滿布直昇機。內戰開始了。歷史開始了。

《煙火》後記

我開始寫短篇小說時，住在一間小得不足以寫長篇小說的房間。因此那房間的大小影響了我在房中所做之事的規模，而這些短篇本身也是如此。短篇敘事有限的篇幅使其意義濃縮。信號與意思可以融成一體，這點在長篇敘事的眾多模糊曖昧中是無法達成的。我發現，儘管表面的花樣始終令我著迷，但我與其說是探索這些表面，不如說是從中做出抽象思考，因此，我寫的，是故事。

儘管花了很久時間才了解為什麼，但我一直都很喜歡愛倫・坡，還有霍夫曼——哥德故事，殘忍的故事，奇異的故事，怖懼的故事，幻奇的敘事直接處理潛意識的意象——鏡子，外化的自己，廢棄的城堡，鬧鬼的森林，禁忌的性慾對象。就形式而言，故事跟短篇小說不同之處在於，故事並不假裝模仿人生。故事不像短篇小說記錄日常經驗，而是以日常經驗背後地底衍生的意象組成系統，藉之詮釋日常經驗，因此故事不會讓讀者誤以為自己了解日常經驗。愛倫・坡書寫遵循的哥德傳統堂而皇之忽視我們各種體制的價值系統，完全只處理世俗。其中的重大主題是亂倫和吃人。人物和事件誇張得超過現實，變成象徵、概念、激情。故事的風格傾向於華麗而不自然——因此違背人類向來希冀相信字詞為真的欲望。故事中唯一的幽默是黑色幽默。它只有一個道德功能——使人不安。

故事與色情刊物、民謠、夢境等次文學形式有關，並未受到文藝界人士正眼看待。這倒沒什麼奇怪，不是嗎？大家都把潛意識藏進公事包吧，就像烏布老爹[1]對付良心那樣：良心太煩人，就把它丟進馬桶沖掉。

因此我動筆寫故事。當時我住在日本，一九七二年返回英國，發現自己置身一個新的國家。那感覺像是醒來，極其突兀地醒來。我們活在哥德式的時代。現在，重點在於了解和詮釋；但我的鑽研方式正在改變。

這些故事寫於一九七〇至七三年間，按寫作時間先後排列。〈主人〉這篇故事中，添加了對英國資產階級小說之父狄孚的一點致意。

1.〔Père Ubu，法國劇作家Alfred Jarry（1873-1907）著名作品《烏布王》的主角。該劇被視為開二十世紀荒謬劇的先河，首演於一八九六年，語涉屎尿、暴力、色情等，當時引起軒然大波。〕

索引

國家圖書館出版品預行編目資料

焚舟紀 ／ 安潔拉・卡特(Angela Carter)原著；
嚴韻 譯. —— 初版. —— 臺北市：行人，2005
[民94]
5 冊；13 x 19 公分
譯自：Burning Your Boats: the collected short
stories.
ISBN 978-957-30694-8-5(全套：平裝)

873.57　　94000844

《焚舟紀》第一冊
原著者：安潔拉・卡特
譯者：嚴韻

總編輯：陳傳興
責任編輯：周易正
美術編輯：黃瑪琍
校對：嚴韻

印刷：崎威彩藝

ISBN: 978-957-30694-8-5
2011年06月 二版一刷

出版者：行人文化實驗室
發行人：廖美立
地址：10049 台北市北平東路20號10樓
電話：(02) 2395-8665
傳真：(02) 2395-8579
郵政劃撥：50137426
http：//flaneur.tw

總經銷：大和書報圖書股份有限公司
電話：(02) 8990-2588